やり直し悪徳領主は反省しない！
The redoing evil lord is not sorry!
桜生懐
画｜へりがる

CHARACTERS キャラクター紹介

フラッド・ユーノ・フォーカス

フォーカス領領主。悪徳領主として処刑され、気づくと二年前に戻っていた。容姿だけは美男子のアホ貴族だが、窮地では頭が回る

エトナ

フラッドの専属従者。主人への態度は辛辣だが、ともに処刑されるほど忠誠心が高く、情に厚い。二周目の人生でも主人を助ける

フロレンシア・ドゥリンダナ・ドラクマ

ドラクマ王国の王女。聖女とも呼ばれ王国一の美女・才媛とも名高い。フラッドの上奏を評価し、彼の高潔さ(?)に一目惚れする

カリギュラ・マルハレータ・ビザンツ

王国と敵対するビザンツ帝国の皇女で、『業火の魔女』の異名をとる。気骨ある者を好み、勇敢な男と勘違いしてフラッドに一目置く

カイン・ファーナー・ベルティエ

フラッドの前世では反乱を主導した、隣領の侯爵家庶子。二周目では自身を後継者として引き取ったフラッドに心酔し、忠誠を誓う

ディー

フォーカス領の魔獣の長。自分を倒したフラッドの実力を認め、使い魔となる。本来の姿は巨体だが、普段は魔法で小さくなっている

フロレンシアの王女らしからぬ奔放な振る舞いに、
エトナすら困惑させられることになるのはまた別の話――
「お世話になるフォーカス家の
皆さまとも仲良くならないと♪」

フォーカス邸
使用人用女子更衣室にて
「ど、どうして殿下が
ここで着替えているんですか……」

この命でエトナを救えるなら悪くはない。と、
フラッドは剣を抜いた。

「なんだ……なんなのだお前はっ⁉」
ヴォルマルク・
シャルナゴス・ビザンツ
ビザンツ帝国の皇子で、カリギュラの弟。
帝国でも有数の剣の腕を誇る。姉に認め
られているフラッドを目の敵にしている

The redoing
evil lord
is not sorry!
フラッド・ユーノ・フォーカス
ドラクマ王国貴族、フォーカス伯爵家の嫡男であり、
両親である伯爵夫妻が流行病

やり直し悪徳領主は反省しない！

桜生 懐

ファンタジア文庫

3363

口絵・本文イラスト　へりがる

CONTENTS

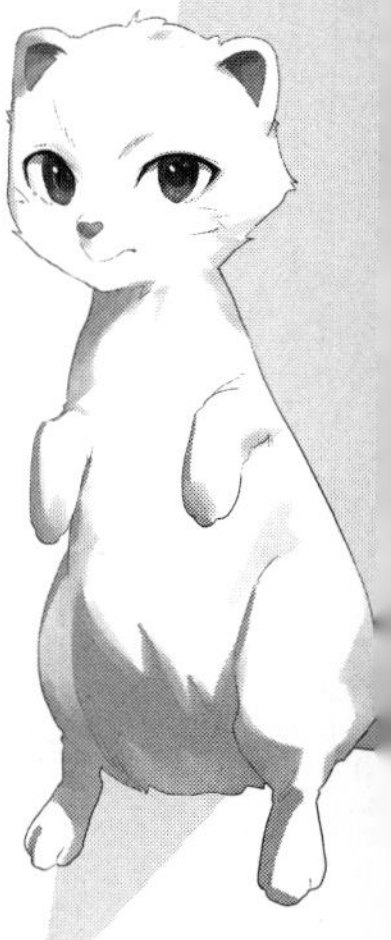

プロローグ

「どうしてこうなった……？」

　処刑台の上に立つ金髪碧眼《へきがん》の美青年、フラッド・ユーノ・フォーカスは、絶望に顔を歪《ゆが》めていた。

　ぼろきれのような囚人服に、魔法封じの首輪、手枷《てかせ》と足枷《あしかせ》を着けられ、目の前には処刑台があり、その横では大斧《おおおの》を持った処刑人が控え、刑の執行を待っている。

「「「殺せ‼　殺せ‼　殺せ‼」」」

　処刑台を囲むように押し寄せた見物人たちが、口々にフラッドの処刑を叫ぶ。

「このクソ領主‼」「クズが‼」「報いを受けろ‼」

　浴びせられる罵声、だがフラッドは、何故《なぜ》今自分がここまで糾弾されているのか、理解できていなかった。

「流石《さすが》に言い過ぎじゃないか……？　俺は領主として……伯爵として、務めは果たしてきたはずなのに……」

なにがダメだったというのだろう？　飢饉《ききん》の対策が甘かったこと？　いや……麦がダメなら米とか虫を食えって言ったし……。そもそも天災を俺一人の責任にされても……。

帝国の侵略に上手《うま》く対処できなかったこと？　いや……他国からの侵略なら領主じゃなくて国の責任じゃね……？

自領で起きた反乱を鎮圧できなかったこと？　いや……そもそも反乱なんて起こすほうが悪いだろう……？

そのような回想にも似た思いが、フラッドの脳内をよぎる。

「うん……やっぱり俺悪くなくね……？　クランツも大丈夫だって言ってたし……」

だがその領内の統治を任せていた家令のクランツは、反乱軍に寝返り今や敵となってしまっていた。

「前に進め‼」

「ぐっ⁉」

処刑台への歩みを止めていたフラッドを衛兵が蹴り飛ばし、立場も忘れイラッとするフラッド。

「コラッ‼　いくら囚人とはいえ元領主、伯爵だぞっ?!　もっと敬意をもって接するべきじゃないかっ⁉」

「寝言をほざくなっ！　まだ自分の立場が分からないのか！」

「黙って事態が好転するのか⁉」

「……もういい、黙っていろ。おい」

逆切れするフラッドに、処刑人の助手たちが手を伸ばす。

「まっ、待て！　今のはナシだ！　やっ、やめろっ‼」

叫びもむなしく、処刑人の助手たちがその両手を押さえ、処刑台へ跪《ひざまず》かせる。

「これより、圧政により多くの民を苦しめた大罪人、フラッド・ユーノ・フォーカスの斬首を執行する‼」

「「「うおおおおおお‼‼」」」

観衆たちが声を上げる。

「まっ、待てっ！　お前たち誤解だっ‼　そもそも罪状がおおざっぱすぎるだろ⁈　なんだ『圧政により多くの民を苦しめた大罪人』って‼　主語が大きすぎて肝心な内容が端折《はしょ》られてない⁈」

死にたくないフラッドは、脳をフル回転させ、得意の小賢《こざか》しさを発揮し、皆を説得しようとする。

「殺すことより赦《ゆる》すことのほうが大事だろう⁈　皆、ここは一つ寛大な心で今までのことを水に流そうじゃないか‼　俺は皆を赦す‼　だから皆も俺をゆる……おぼぶっ⁈」

処刑人がフラッドの腹へ重い一撃を見舞った。

「お前が言うな。とにかく黙れ」

「げふっ……！　ヴォエッ……！」

腹を抱えてうずくまるフラッド。

「え、エトナッ……！　エトナッ‼」

万事休すと悟ったフラッドは、叫び、抵抗しながら自身の背後に控える従者、エトナを見た。

黒い髪と金色の瞳を持つエトナは、フラッドと同じくボロボロの囚人服に、手枷足枷が着けられており、フラッドの次に処刑を待つ身であった。

「フラッド様……」

エトナはフラッドの呼びかけに応えるようにその瞳を見返し、諦めてください。と言うように静かに首を横に振った。

「俺は、俺は殺されてもいい！　だがエトナ、エトナだけは助けてくれ‼」

「ふざけんな‼」「お前らは同罪だ‼」「とっとと死ねクズが‼」

「エトナはクズじゃない‼　クズは俺だけだ‼」

自分を庇《かば》うフラッドにエトナは思わず目を潤ませ、なにかを言いかけてやめた。そして、全てを覚悟した上で、フラッドを安心させるように小さく笑みを浮かべた。

「っ……。フラッド様、もうどうしようもできません。私もお供しますから、せめて最期《さいご》くらい、堂々とされてはいかがですか？」

「ああ……」

エトナも自分も助からない――

フラッドの表情が絶望に沈み、処刑人が斧を振り上げる――

「嫌だ‼　死にたくない‼　死にたくな――――い‼‼」

その叫びもむなしく、フラッドもエトナも処刑されたのであった――


フラッド・ユーノ・フォーカス――

ドラクマ王国貴族、フォーカス伯爵家の嫡男であり、両親である伯爵夫妻が流行病《はやりやまい》により死去したため、若くして家督を継ぐ。

反乱のとき離反したフォーカス家の家令や使用人たちの証言によるフラッドの人物像は以下のとおりである――

自分とその関係者だけがよければそれでいい。という短絡的で享楽的な性格で、政務は全て部下に任せ、自身は遊興に耽《ふけ》り、王国内で大飢饉が発生したときも、多くの領民が餓死するなか、なんの対策もせず自身は今までどおりの豪奢《ごうしゃ》な生活を送る。

そのため領民たちから恨みを買い反乱を起こされ、家臣たちにも離反され、帝国の侵攻を招き処刑される。

後にドラクマ王国史を編纂《へんさん》した歴史学の大家《たいか》、パウサニアス・テルモピュライは、その著書の中で、フラッドのことをこう評している。

帝国の侵攻を許し、王国を滅亡させかけた大罪人でありながら、その人間性は極めて凡愚。取るに足らない、語る価値もない小物。と――

第一話 「悪徳領主再び」

（ここはどこだ？　俺は死んだのか……？）

フラッドは気が付くと、闇だけが広がる何もない空間をたゆたっていた。

体の感覚はなく、全てが曖昧で夢現《ゆめうつつ》のような、不思議な場所だった。

（ああ……なんて理不尽なんだ……俺がいったいなにをしたって言うんだ……）

自身が処刑されるに至った経緯を思い返しても、やはりフラッドは納得いかなかった。

（俺はただ、楽しく生きられれば、それでよかっただけなのに……）

「……様！　フラッド様！」

（ん？　誰かに呼ばれてる……？　え？）

どこかから聞こえる声に、フラッドは意識ごと自身が吸い込まれるような感覚になり
――

「フラッド様‼」

「あえっ⁉」

気が付くとフラッドは自身の執務室の椅子に座っていた。

「なっ、なんでここに……？　あ、服も戻ってる……」

自分は先ほど処刑されたはず……と、不思議に思い首に手を伸ばしてみると、首はしっかり胴体と繋《つな》がっているし、服も領主時代の貴族服を着ており、体に痛みも傷も汚れもなかった。

「なんだ……夢……ヒエッ?!」

安堵《あんど》して椅子に深く腰掛けたフラッドは、目の前に立っていた二人を見て魂が飛び出るほど驚愕《きょうがく》した。

「まったく、やっとお目覚めになりましたか」

「ゲラルト殿、その物言いは失礼ですよ」

そこにいたのはフラッドの部下である、領兵長ゲラルトと家令クランツであった。

二人は先代から仕える老臣でありながら、フラッドを見捨てて反乱軍に与《くみ》した裏切り者でもあった。

「ななななな……っ！　や、ややややはり夢だったかっ!?　えっ!?　どっちが夢!?」

処刑された未来が夢だったのか、処刑自体が夢だったことが夢だったのか、助かったこと自体が夢だったのか、フラッドの頭の中は収拾がつかなくなっていた。

「……若様はなにか、おかしなモノでも食べられたのか？」

「いいえ……。そのようなことはないはずですが……」

老臣二人は怪訝《けげん》な目で、フラッドのいつもより激しい奇行を見つめていた。

「はっ‼」

基本的にバカでアホなフラッドであるが、地頭そのものは悪くなく、追い詰められたときや、ここぞという緊急時は異常に早く頭が回る一面を持ち、今まさに混乱していた頭が急速に動き始めた。

（待てよ……待て待て……。落ち着くんだ俺……。ゲラルトもクランツも俺に敵愾心《てきがいしん》のようなものは見えない……。それに……なにか妙だ……。ここは話を合わせて様子を見よう……）

コホンと咳払《せきばら》いをしてフラッドは椅子に座り直し二人を見た。

「すまない二人とも、少し取り乱した。おそらく昨日寝る前に食べたベニテングタケが原因かと思われるが……なんの話をしていたんだったか？」

「何故《なぜ》、毒キノコと分かっているものを食べたのですか……？」

「まぁまぁ兵長、その話を広げなくてもいいでしょう。それよりも今は、凶悪魔獣の話が先では？」

執事服に身を包んだモノクルが光る老紳士であるクランツが、刀傷が目立つオールバックの武人、という風貌のゲラルトを制した。

「むぅ、確かに。すまぬ続けてくれ」

「ではもう一度ご説明いたします。ただいまフォーカス領では、凶悪魔獣による魔石業者への被害が多発しており、大きな問題となっております」

魔獣とは魔石を有する動物の総称であり、基本的な生態は元となる動物とほとんど同じとされている。

「なるほど……」

フラッドにとって今重要なのは魔獣などのことではなく、二人が今自身のことを領主として扱っているということだ。

つまり、ここは二人が裏切る前の時間、もしくは違う世界（だから俺も生きている？）？　と、フラッドは結論付けた。

「…………『凶悪魔獣』ということは、群れではなく個体、ということか？」

話を合わせながらも、二人の様子を窺《うかが》うフラッド。

「はい。目撃情報を鑑みるに、デスウィールズかと」

デスウィールズとは魔獣イタチの変異体のことを指すが、脅威度はそこまで高くない。

「デスウィールズといえどもイタチだろう？　領兵で対処できないのか？」

「それがその個体、情報を総合するに、最低でも領兵を千単位で投入しなければ、駆除はおろか、返り討ちに遭うだけという試算が出ております」

「そこまでかっ⁉」

多少盛って話してはいるとしても、魔獣一匹の駆除に千近くの兵が必要など尋常ではない。

「はい。五メートル近い巨体に、鋼鉄を容易《たやす》く引き裂く爪と牙、刀や槍《やり》・弓を通さない硬い体毛と皮膚を持つ化け物。とのことです」

「冒険者ギルドに打診はしたのか？」

「手隙の者はいない、とのことでした」

フラッドはだんだんと思い出してきた。昔クランツと今と全く同じ話をした記憶、その時はクランツに一任したことも。

そのため、前世の二の舞にならないよう、フラッドは保留という回答を選択した。

「………分かった。千単位での動員となるとほぼ戦時体制だ。隣領への通達や配慮もしなくてはならない。とりあえずどうするか答えを出すまで待っていてくれ」

フラッドの返答に、二人は驚いたような表情を浮かべる。

「どうした？　なにかおかしいか？」

「い、いえ……いつもの若様なら我々に一任なされるかと……」

「確かに……兵長の言うとおりです」

「なに、俺も成長しているということだ。とりあえず今は下がれ、俺にはその前にやっておくべきことがある（俺を裏切ったこいつらを信用することはできないし、一任するなんてもってのほかだ……）」

「は、はぁ？」

「では失礼します……」

不思議そうに退出する二人を見送ったフラッドは、すぐさま立ち上がり――

「エトナ‼　エトナァ――‼」

そう叫ぶと執務室を後にした。

「ノックもせずにどうしましたフラッド様？」

探す間もなく、すぐにエトナは見つかった。自室でなにをするでもなくボーッとしていたのだ。

「お、おお……」

ショートカットが似合う黒髪に金色の瞳、目鼻立ちの整った小柄な美少女、間違いなくフラッドの知るエトナだった。

「エトナァァァァアアアア‼‼」

フラッドは我を忘れてエトナを抱きしめ涙を流した。

「……なんですか藪《やぶ》から棒に、セクハラですよ？」

二人は恋仲でも、肉体関係があるわけでもない、純粋な主従関係にあった。

幼いころ街に出たフラッドが、スラム街の孤児であったエトナを一目見て気に入り、自身の従者として拾い、以後エトナはフラッドの専属従者として仕えてきた。

フラッドにとってエトナは、唯一の家族のような存在であり、実の両親よりも大切な存在であった。

「気持ち悪いんで離れてもらえます？」

「そんな辛辣な言葉もなにもかもが懐《なつ》かしいっ‼」

フラッドに対して辛辣なことを言ったり、冷たい態度をとることもあるエトナだが、恩義を感じている面もあり、その証拠に、反乱を起こされたとき、家臣の誰もがフラッドを見捨て、裏切る中、エトナだけは最後までフラッドの側《そば》を離れず、共に処刑されている。

「……急にどうしたんですかフラッド様？」

特に抵抗もせず、抱きしめられたままエトナが疑問を口にする。

ウォオ

「嫌な夢を見たんだ‼」

「はぁ？　なるほど嫌なゆ……」

「ちなみに今は何年だっ⁉」

「……本当に唐突ですね……今は創世暦一〇〇〇年です」

「ということは俺が十六でエトナが十五だな⁉」

フラッドが処刑されたのは十八歳のとき、つまりフラッドはどういうわけか、自身が処刑される二年前に戻った。ということを理解した。

「ホントに頭大丈夫ですか？　なにを当たり前のことを大声で叫んでいるんです？」

「そんなことはどうでもいい‼　とりあえず逃げるぞ‼」

「はっ？　えっ？　なにから逃げるんです？」

「いいから支度するんだエトナ‼　終え次第即出発だ‼」

フラッドはエトナを離すと大きな革袋を持って、自室や執務室といったフォーカス邸にある金や宝石などを片端から放り入れ、馬小屋でエトナと合流した。

「よしっ‼　逃げるぞっ‼　しっかり摑《つか》まるんだ‼」

馬のサドルバッグに革袋や逃避行用の用具を載せ、馬に乗ったフラッドが手綱を引く。

「ですから、なにから⁇」

エトナはツッコみながらも、馬に跨《また》るフラッドの後ろに乗ってその腰に両手を伸ばし、しっかり摑んだ。

「はいやー‼」

フラッドは目的地も定まらぬままに馬を走らせ、街を抜け街道を抜け森を走った――

「あのー」

「なんだエトナ⁉　腹が減ったか⁉」

「いえ、そうではないのですが、どこへ向かっているんです？」

「決めてない‼　とりあえずフォーカス領から遠いどこかだ‼」

「あー……何か悪いものでも食べました……？　今日はいつにもましてトんでいませんか？」

「なにを言う！　明晰明瞭《めいせきめいりょう》だ！」

「ちなみに、もしかしてですけど、領主を辞めて逃避行……とか考えてません？」

「すごいなエトナ‼　お前は俺の心が読めるのか⁈」

「まぁ、フラッド様は、素直で単純な方ですから。ちなみに……本気ですか？」

「ああ！　俺はもう領主とか貴族とか、そんな立場は捨てる‼　捨てて自由になるんだ‼」

もう反乱とか処刑とかごめんだ。俺は平民にでもなって余生を満喫する。そうフラッドは意気込んでいた。

「ちなみに、王国法では、領主が国王の了承も得ぬまま出奔した場合、問答無用で斬首刑となっています。が、ご理解されているのですね？」

「えっ？」

フラッドは息を切らす馬を止め、後ろのエトナを見た。

「…………そうなの？」

「はい」

「それじゃダメじゃん‼」

「なんでこんな基本的なことも知らなかったのか……まぁ、聞くだけ無駄ですね……」

かわいそうなものを見る目で見られるフラッド。

「では……このままじゃ……」

「また処刑されますね」

「バカ言うな！　二度と処刑なんてされてたまるものかっ‼」

二人は顔を見合わせた。

「……また？」

「二度と……？」

「もしかして――」

二人は処刑時の記憶を持っている、そう目と目で確認し合うのだった。

第二話 「エトナとフラッド」

「やはり俺の夢ではなかったのか……」

「夢なら夢であってほしいですけどね」

フラッドとエトナは今後のことを話し合うため、馬から降りて焚火《たきび》を囲んでいた。

まだ昼の時間帯ではあるが、人気《ひとけ》のない森の奥は鬱蒼《うっそう》として仄暗《ほのぐら》く、焚火があってちょうどいいくらいであった。

「だが何故《なぜ》俺たちは処刑される前に戻ったんだ？　そもそも記憶だってそうだ……。理解できないことが多すぎる……」

「語りえぬものについては、沈黙しなくてはならない……。このような奇跡は神の御業《みわざ》か、魔物の所業か……きっと考えるだけ無駄ですよ。サク＝シャくらいしか、その答えを知らないでしょうし、知ったところでどうなるワケでもありません。今重要なのは、今後どうするのか、です」

サク＝シャとは、この世界《テラー》を創造したとされる唯一神の名前である。

「確かに……エトナの言うとおりだ。小難しい話はうっちゃろう。生き延びること、処刑されないこと……。それがすべてだ」

「そうです、建設的にいきましょう。せっかく生き返ったんですから」

「ちなみにだが……エトナはどれだけ覚えているんだ？　その……前世？　のときの記憶を」

「多分フラッド様と同じだと思いますよ。全部です。生まれてからフラッド様に拾われて、反乱が起きて、捕まって処刑されて……」

　思い出したのか、フラッドの顔色がどんどんと悪くなる。

「そうか……結局あの後エトナも……」

「ま、そんなところです」

「すまなかった、エトナ」

　深々と頭を下げるフラッド。

「……どうして頭を下げるんです、フラッド様」

「お前を守ってやれなかった……。エトナの優しさに甘えてしまっていた……。その結果が……お前を道連れに……っ」

　ポカリ。

　エトナは手に持った小枝でフラッドのつむじを叩《たた》いた。

「うん？」

　頭を上げると、エトナはいつもの無表情のままだったが、怒っている。と、付き合いの長いフラッドは理解した。

「エトナ……？」

「フラッド様、逃亡中……そう、今みたいに森の中で二人で露営したとき、私が言ったことを覚えていますか？」

「忘れるワケがない……」


　前世・反乱勃発後・逃亡時露営中——

「………終わりか」

　敵国であるビザンツ帝国のフォーカス領への侵攻と同時に勃発した反乱、さらにはゲラルト、クランツといった重臣を始めとする家臣たちの裏切りにより、フラッドは帝国へ抗戦するどころか、捕まらないように逃げることでいっぱいいっぱいだった。

「最初はついてきた部下も、皆裏切るか離脱した……。残ったのは、やっぱりエトナだけだな」

「まぁ、フラッド様に最後まで付き合えるのは、私くらいでしょうからね」

エトナの軽口にフラッドは微笑《ほほえ》み、息を吐いた。

「ふー……。俺はここまでだ。今までありがとうエトナ」

「……どういう意味ですか？」

「いくらバカでもアホでも、ここまでくれば、自分の進退も窮《きわ》まったと分かるさ……」

「フラッド様らしくないですね。アホはアホらしく、最後まであがいたらどうですか？」

「もちろんそのつもりだ。もとより、あの売国奴どもにくれてやる命はないからな。特にあのカインとかいう反乱の指導者のクソガキッ……絶対に許せん！　他所《よそ》からやってきてなんのつもりなんだ……っ‼　ゲラルトもクランツも父上の代から重用したのに裏切るとはっ‼」

「そうですすフラッド様、その逆ギレ、その意気ですよ」

だがな。と、フラッドは落ち着きを取り戻し、ある種達観したような表情でエトナを見た。

「これからは俺の戦いだ。アイツらの目的は俺だ。エトナだけなら逃げ延びられる」

「なっ、なにを言っているんです……？」

普段はクールで無表情なエトナの顔に動揺が浮かぶ。

「今までありがとうエトナ。俺から解放され、自由に生きるんだ。少ないが、俺の全財産だ。これを持って行ってくれ」

そう言って金品を差し出すフラッドの笑顔は、一切裏のない、心からエトナを想《おも》ったものだった。

だからこそ、エトナはその笑顔の裏に潜む、恐れと強がりを感じ取り、怒りを抱いた。

「フラッド様……。では、好きにさせていただきます――」

「……ああ」

バチィン！

立ち上がったエトナは、地面に座るフラッドの横を通り過ぎるフリをして――

「へぶちっ⁉」

その頬を思いっきり引《ひ》っ叩《ぱた》いた。

「まったく……バカなんですから……」

エトナはそのままよろめくフラッドの頭を胸に抱いた。

ギュッと、優しく、力強く。互いの吐息を、鼓動を感じられるほどに。

「え……エトナ……?」

驚くフラッドを諭すようにエトナが続けた。

「私は私の意志で、最後までフラッド様について行きます。そもそも、私がついていなきゃ、なにもできないダメ人間じゃないですか」

「エトナ……けど……っ！　俺は……っ！」

震えるフラッドを撫《な》でながらエトナが続ける。

「正直になってください。怖いんでしょう？　悲しいんでしょう？　だから私だけは、最後までお供してあげますよ」

フラッドは体を震わせ、涙を流し、エトナへしがみつくように腕を回した。

「エトナ……っ……すっ……すまない……っ！　怖い……！　死にたくない……っ！　でもっ……！　お前を失うのはもっと怖い……っ‼」

嗚咽《おえつ》するフラッドの頭を、エトナは慈愛に満ちた表情を浮かべて優しく撫でる。

「大丈夫です。これは私の意志なんですから。スラムから救っていただいたとき以来、この命尽きるまで、フラッド様にお仕えすると決めていたんです。勝手に私の人生設計図を変えないでいただきたいものですね」

「エトナ……っ」

「だいたい、立場が逆なら、フラッド様は私を見捨てますか？」

「見捨てるワケないだろ‼」

フラッドは反射的に顔を上げて怒鳴った。

「同じですよ」

目の前にあったのは優しく微笑むエトナの顔、フラッドは今まで堪《こら》えていた感情が決壊した。

「っ……！　うっ……ああ――」

フラッドはそのまま、エトナの胸の中で子供のように泣きじゃくった。

――

――

――

「それでも俺は……エトナを……」

「それ以上言ったら本気で怒りますよ？　前は前で私なりに満足して逝《い》ったんです。ボコボコにしますよ？」

「分かった……ありがとうエトナ」

エトナは満足そうに頷《うなず》いた。

「それでいいんですよ。というワケで今後についてですよ。同じ結末を辿《たど》りたくはないですよね？」

「当たり前だ！」

二人はしんみりした空気を追い払うように話を変えた。

「ではどうします？　やり直しますか？」

領主としては暗愚であったフラッド。そのせいで処刑されることとなったが、前世の記憶を持つ今ならやり直すことができる。ならば、前世の反省を生かし、うまくやり直す。それは必然であり当然。そう思い、瞳を向けるエトナに――


「誰がやり直すか――――‼」


フラッドが吠《ほ》えた――

「おおう、予想外の答えが」

やり直し、その言葉にフラッドは、瞬間で沸点に到達するほどの怒りを覚えていた。

フラッドは自身が圧政を敷いたとは微塵《みじん》も思っておらず、前世で処刑されるときもその処刑理由が納得できない冤罪《えんざい》だと思っているからだ。

「そもそも前世で俺が何か悪いことをしたか⁈　してないだろ⁉」

「結構してたと思いますけど……」

「例えばっ⁈」

「血税で好き放題してたじゃないですか」

「特権階級に生まれた者が特権を享受して何が悪い⁈」

「特権と引き換えになる義務を果たさなかったから問題なんですよ」

「果たしたぞ⁉　政治とか軍事とかはちゃんと信頼する部下に丸投げしたし‼」

「それがダメなのでは？」

「門外漢が横から口出しするほうがよほど迷惑だろう‼」

「物は言いようですね。まぁ、決定打は飢饉《ききん》のときでしょうけど」

「ちゃんと対処したぞ！　クランツに丸投げして、麦がないなら虫食えってアドバイスしたし！」

「クソみてぇなアドバイスですね。大体なんで急に虫食えなんて言い出したんです？　フラッド様らしくないですよ？」

「クランツが庶民のあいだで昆虫食が流行《はや》ってて、飢饉対策になるって言ったから……」

フラッドは基本的に信用している者の言葉を疑わない。

「もちろんウソ、デタラメですよ」

「マジでっ?!　あっ、でも、麦がダメなら米食えとも言ったわ！」

「米も麦ですよ。飢饉で全滅してます」

「そうなのっ?!」

「はい」

「だっ、だが！　そもそも飢饉は自然災害、天災なんだからどうしようもないだろう!?　俺は神じゃないんだぞ!?　だいたい俺にウソついてまで、クランツはなにをしていたんだ?!」

「あの狸《たぬき》ジジイですか？　フラッド様に全責任を押し付ける形で、まったく対処しないで私腹を肥やしてましたよ」

「ええっ!?　というかなんでそれを知ってて黙ってたんだエトナ?!」

「え？　大丈夫かなと思って」

「思ってっ?!　なんか軽くない?!　全然大丈夫じゃなかったよ!?」

「まぁまぁ、それは身をもって分かってますよ。ですけど、結果論じゃないですか。次に生かしましょう」

「えっ？　あ、うん。そうだね……？」

スラム街出身のエトナは、一見常識人そうに見えるものの、その根底にある人生観は『弱肉強食』であり、弱い者は食い物にされ、強い者は生き残る。というものだ。

さらに、エトナにとって最も大事なものはフラッドだけで、その他はどうでもいい存在であった。そのため、クランツや他の者の汚職も横目で見るだけで、フラッドを諫《いさ》めることもなかった。

が、その結果が自身とフラッドの破滅になったことから、死に戻った今回の人生では、考えに修正が必要だと改めていた。

「いやぁ……領主の地位って、意外と脆《もろ》いものだったんですね……」

エトナは出自的に、権力者＝絶対と思っていた節があり、あんな簡単にフラッドの立場が揺らぐとは夢にも思っていなかったのだ。

「とにかくっ……！　クランツめ……許せんっ‼」

「お怒りはごもっともですが、なんの罪状もないままクランツを裁くことは、多分難しいですよ？　クランツはバカ領主であるフラッド様に振り回される苦労人、善人という評判なので、下手に手を出せば痛い目を見ますから」

「ぬぬっ……！　うん？　今俺のことバ……」

「とりあえず落ち着いてください」

「あ、ああ……なぁ、今バカ領主っ……」

「座って話しましょう」

「……はい」

怒りが冷めたフラッドは、腰を下ろし焚火《たきび》を見た。

「とりあえず、帰ってから改めて方針を考えるか……このままじゃ出奔したと勘違いされて大変なことになるしな……」

「勘違いじゃないですけどね」

「だが腹が減った。とりあえず腹ごしらえしてから戻ろう」

「食べ物持ってきてたんですか？」

「当たり前だ。俺はそこまでバカじゃない。見ろっ！」

そう言ってフラッドが袋を開けると、中にはジャガイモが所狭しと詰められていた。

「なんで全部ジャガイモなんですか……」

「エトナと逃亡生活をしていたときに食べた、ジャガイモの美味《うま》さが忘れられなくてな！」

フラッドは目を輝かせジャガイモを慈《いつく》しむように撫でた。

二人で逃亡中、食料が尽きて行き倒れかけたとき、たまたま野生していたジャガイモを見つけ、ことなきを得たことがあったのだ。

「あの時は緊急時でしたからね。けど、そもそもそれ人が食べるものじゃないですよ」

この世界《テラー》において、ジャガイモは基本的に家畜（主に豚）のエサとされており、人間が食べるものではなく、豚もしくは、その日の食にありつけない貧民層がいやいや食べるもの。という認識であった。

「いや、美味いものは美味いんだ！　とりあえずこれを食べて帰ろう！」

「まぁ、私も嫌いじゃないからいいですけど……」

二人が水煮したジャガイモに火が通るのを待っていると、突然背後の木々がなぎ倒される轟音《ごうおん》が響いたのだった――

第三話「魔獣」

「なっ、なんの音だっ⁉」

「フラッド様後ろです！」

「後ろかっ！　うおっ⁉」

フラッドが振り返ると、そこには身の丈五メートルはある巨体に、全身が白い体毛で覆われた深紅の瞳を持つ魔獣が迫っていた。

【ゴアアアアアア――‼】

魔獣が大気や木々を震わせる咆哮《ほうこう》を上げ、それだけでフラッドは失神しかける。

「えっ、えぇ……？」

「ドン引きしてる場合じゃないですよ！　ほら、しっかり立つ……！」

腰砕けになりそうなフラッドをエトナが引っ張り起こす。

だがエトナも目の前の怪物に、二度目はここで死ぬのか……と、半ば諦めだった。

【なんの用だ人間‼　ここは魔獣の縄張り‼　魔獣を狩りに来たか⁉】

魔獣は二人を見定めるかのように、その深紅の双眸《そうぼう》で睨《にら》みつけた。

「し……喋《しゃべ》ったぞ⁈　なんだこの魔獣喋れるのか⁉」

「どこに感心してるんですかっ！　今はそんなことに驚いてる場合じゃないですよ！」

「そっそうだなっ！　言葉が通じるなら対話だ！　話せば分かる‼」

「そっち⁈」

流石《さすが》のエトナもフラッドの発想に驚きを見せる。

【やかましい‼　私の問いに答えろ人間ッ――‼】

バキャ――ッ！

魔獣の腕の一振りで大木が小枝のように吹き飛ぶ。

「おっ、お、お、お、落ち着け、俺は敵じゃない。今ちょっとしたピクニックの途中で、小腹が減ったから食事をしようとしていただけさ。ほら、ジャガイモを茹《ゆ》でているだろう？　友好の証《あかし》にお前も食うか？」

【人間はソレを家畜のエサにしていることを、私が知らぬとでも思っているのか⁉】

魔獣は激高し声を荒らげた。

「なんだこいつっ……！　妙に知能が高いぞっ……‼」

「レビューはいいですから！」

「エトナ……今思い出したが、こいつはさっきゲラルトとクランツが話していた凶悪魔獣だ……。魔獣イタチの凶悪変異体……。その爪と牙は鋼鉄を容易《たやす》く引き裂き、その体毛と皮膚は槍《やり》や弓を弾《はじ》く硬度を持つ。らしい……」

「もう絶望じゃないですか。馬も驚いて逃げちゃいましたし、詰みましたね」

遠い目をするエトナを見て、またエトナを殺させるわけにはいかない！　と、フラッドは震える自分を叱咤《しった》する。

「いやいや、まだ分からんぞ。とりあえず俺に任せろ！」

フラッドは背筋を伸ばして、なんとか知恵を振り絞りつつ、ガクガク震える両足のまま魔獣へ向き直った。

「魔獣よ、俺はフォーカス領の領主、フラッド・ユーノ・フォーカスだ。ここがお前たち魔獣の縄張りだったとは知らなかった。それは詫《わ》びよう。だが、俺たちはお前たちに敵意はないし、魔石にも興味はない。目障《めざわ》りだと言うのなら、すぐにでもここを離れるつもりだが、どうだろう？」

【領主……領主だとぉ……？　なるほど……よく分かった……】

魔獣は得心したように頷《うなず》いた。

「おお、ならば……」

【お前が魔獣狩り共の元締めかぁ‼】

魔獣は咆哮のような怒声を上げる。

「ええっ⁉　どうしてそうなる⁉」

「なるほど……」

「なにがっ⁉」

動揺するフラッドに対して、エトナは納得したような表情を浮かべる。

「実はクランツが魔石業者とズブズブで、領内の魔獣を狩らせまくってるんですよ。多分こいつは、それに怒っているんだと思います」

魔獣から採れる魔石は、灯《あか》りやコンロ等《など》の動力源としてこの世界《テラー》の住人にとって必需品であり、そのため魔獣を狩りすぎ絶滅させることがないよう、各国によって魔獣に関する法令は厳重に整備されており、ドラクマ王国も例外ではなかった。

が、クランツは賄賂と引き換えに、癒着している魔石業者の、王国法を無視した魔獣の乱獲を黙認していたのだ。

「またあのクソジジイか‼　殺す‼　帰ったら絶対殺す‼」

「報告しなかった私も私ですけど、気付けなかったフラッド様も悪いですよ」

「ちなみにいつから知ってたのっ？」

「え？　前世からですけど。前世ではこの魔獣のせいで、領兵に数百の死傷者が出て、今思えば、あれが兵長の裏切る決定打になったと思います」

「めっちゃくちゃ重要じゃん!!」

「ですね」

「軽っ!!」

二人がやりとりしているあいだにも、魔獣はドンドン距離を詰めてくる。

「ち、ちょっと待ってくれ！　全部理解した！　そちらの怒りはもっともだ！　だから話し合おう魔獣よ!!　俺が屋敷《やしき》へ帰ったら魔獣を助けよう!!　そうだ!!　保護する!!　必ず魔獣保護令を出すから!!」

【信じられるものかぁっ!!】

咆哮とともに魔獣が腕を振り下ろし、今までフラッドが椅子代わりにしていた岩が粉々に砕け散る。

「まっ、まずいぞエトナ！　話し合いは無理だ！　だからお前は逃げろ!!」

逃げ切れないと理解したフラッドは、佩《は》いていた剣を抜き構える。

「なに言ってるんです!?　二人で逃げますよ！　そもそもフラッド様じゃ足止めにもなりませんって！」

「大丈夫だ、こう見えて俺には剣の心得があるっ」

「一回だけレッスン受けて『合わないわ』って言ってやめたヤツがなにほざいてんですか！」

「とにかく時間は稼ぐ‼」

魔獣は一瞬でフラッドへ距離を詰め、腕を振り上げた――

「フラッド様‼」

悲鳴に近い声を上げながら、エトナが投げナイフを魔獣の顔面目掛けて投擲《とうてき》する。

【‼】

ギイン――！

が、ナイフは魔獣に傷一つ付けることもできず体毛に弾かれ地面に落ちた。

【猪口才《ちょこざい》なっ‼】

「うおおおおおっ‼」

ガギィッ――！

その隙にフラッドが勇気を振り絞って魔獣へ一撃を加えたが、硬すぎる体毛に剣が弾かれるだけに終わった。

「フラッド様！　せめて魔法を使ってください！」

「役に立つかな⁉」

「ないよりはマシです！」

この世界《テラー》において魔法とは、神から授けられた祝福とされ、基本的に貴族が扱うことができる（逆説的に魔法を扱える者が貴族となった）。

皆が共通で行使できる汎用的な魔法はなく、一人につき一つの固有魔法（能力は本人が抱く望みが強く反映するとされている）が扱えるのみであり、フラッドの固有魔法は《俊足》つまり足が速くなるだけの、たいして役にも立たない魔法であった。

「確かに……翻弄できるなら時間稼ぎにはなるはずだっ……！」

フラッドは《俊足》で自分だけ逃げ延びることは露ほども考えていなかった。むしろ、自分の命がある限り時間を稼ぎ続けエトナを逃がそうと考えていた。

「根源の力よ……我へと流れ宿願を成せ‼」

だが、フラッドの詠唱は空を切り、何も発動されなかった。

「なっ⁉」

【死ねぇい――‼】

魔獣はその隙を見逃さず、フラッドに回避不能な必殺・必中の一撃を繰り出した――

「フラッド様っ‼」

「あ……」

エトナの悲鳴が響き、フラッドも全てがスローモーションに映る中、自身の死を確信した。

が──

【ぬうっ?!】

まるで瞬間移動したかのようにフラッドが回避し、魔獣の腕は空を切っていた。

【これがお前の魔法かっ‼】

「………」

魔獣の一撃を紙一重の距離で回避したフラッドは、俯《うつむ》いたまま無言で佇《たたず》んでいる。

「フラッド様……瞳の色が……?」

エトナが驚きに声を上げる。

フラッドの瞳が美しい青から、今相対している魔獣と同じ深紅の色に変貌していたからだ。

【ふん……無視か……ならば次は躱《かわ》しきれぬ一撃を見舞うまでっ‼】

「フラッド様!」

【シャアッ‼】

尋常ではない膂力《りょりょく》から繰り出される一撃一撃は、当たるどころか掠《かす》めただけでも即死するほどの威力がある。

「…………」

だが、フラッドの見開かれた深紅の瞳は、魔獣の攻撃が激しくなるほど妖しく輝き、身体能力も呼応するようにより強化され続ける。

フラッドはある種舞っているようにも見える動きで、魔獣の幾重もの爪による斬撃を躱し続ける。

【くっ……！　なら、これならどうだ⁉】

魔獣は爪の斬撃と見せかけ、即座に背中を向けて、自身の隠し武器である、大きな尾の一撃を放った——

「…………」

が、その一撃はフラッドを掠めることすらできず、代わりに直撃した大木が砕け飛ぶ。

【なんだとっ⁉】

「どうなってるの……？」

エトナはすぐにフラッドの異常事態に気付いていた。

フラッドの魔法は《俊足》であり、効果は《足が速くなる》というもので、幼いころから習い事が嫌で、逃げ癖のあったフラッドが発現させた魔法だ。

「違う……これは……《俊足》なんかじゃない……」

エトナの言葉に応えるように、今まで俯いていたフラッドが顔を上げた。

「フラッド……様……？」

一瞬エトナは目の前の人物がフラッドだと理解できなかった。

フラッドは魔法を扱えないエトナでも分かるほど、高濃度の魔力を帯びており、魔獣の瞳よりも深く妖しく光る深紅の双眸《そうぼう》も併せて、人ではないなにか、あえて称するなら『魔人』のようであったのだ。

「…………」

ゆらり……と、フラッド？　は魔獣へ向けて剣を構える。

【ほう……覚悟を決めたか……ならば全力をもって応えよう!!】

ガガガガガガ――ッ!!

数十、数百にも及ぶ爪や牙や尾の猛攻をフラッドはこともなげに躱しきる――

【なっ!?　なんだきさ……】

動揺し攻撃を止《や》めた魔獣の首へ、今まで回避しかしてこなかったフラッドが、一撃を叩《たた》き込む。

【ふん……そのような攻撃、私にとって……は……？】

躱したと思い、笑い飛ばそうとした魔獣の首から遅れて血が噴き出す。

【なっ?! バカなっ!?】

魔獣が信じられないという表情を浮かべる。

フラッドの一撃は、魔獣の剣や矢を弾くほどの硬い体毛や皮膚を、こともなげに斬り裂いていたのだ。

「どういうこと……？」

エトナは混乱していた。フラッドの魔法が変質している。

魔法は一度発現すると効果が強まることはあっても、性質が変化することはありえないからだ。

「一回死んだことで魔法の性質が変化した……？」

そう考えているあいだにも、攻撃に転じたフラッドが魔獣を圧倒しつつあった。

【くっ……！ ありえんっ?! ありえんぞっ!!】

魔獣はフラッドの攻撃を躱しきれず、徐々に体毛が斬り飛ばされ皮膚から血が流れる。

「フラッド様の願いは……『死にたくない』……？」

《生存本能》——

フラッドの新しい魔法に名をつけるなら、これ以上相応《ふさわ》しいものはないとエトナは思った。

「……おそらく《自身の命に危険が迫ったとき》に《無意識で発動》する《魔力によって身体能力が超強化される能力》……？」

【ばっ、バカなっ⁉　この私が⁉】

「…………」

驚愕《きょうがく》に目を見開く魔獣へ、フラッドがトドメの一撃を叩き込む――

鋼鉄よりも硬度のある体毛や皮膚など関係ないかのように、熱したナイフでバターを切るように、魔獣の腹が斜めに斬り裂かれ――

【ぐっ……ごはあっ‼】

口と腹から血を噴き出しながら魔獣は仰向《あおむ》けに倒れた。

第四話 「使い魔契約」

「……うん？　うおっ⁉」

　魔獣が倒れると同時に魔法が切れ、目の色も赤から青に戻り、意識を取り戻したフラッドは目の前に倒れる魔獣を見て驚愕した。

「だっ……誰が……」

「フラッド様がやったんですよ」

　控えていたエトナがフラッドの横に立つ。

「えっ？　ウソ……？」

「…………」

　この時エトナはフラッドの変性した魔法について、教えようか教えないか考えていた。

《生存本能》のことを教えて、自分が本当に一人でこの魔獣を倒したと知ったら、絶対調子に乗る……。いつかそれが原因で足を掬《すく》われるかもしれない……うん。やめておこう)

エトナはフラッドのために教えないことにした。

「一回死を経験したことで、フラッド様の魔法が変化したようです」

「確かに《俊足》は使えなくなっていた！　というか記憶がないっ⁉」

「思い出さなくても大丈夫です。新しい魔法につきましては、私が知っていますのでフラッド様まで知る必要はありません。これは二人の秘密にしておきましょう。必要な時が来ればお教えしますので」

「えっ？　ああ、そうか。うん、エトナが言うならそうだろう。そうしよう。そうするべきだ」

「とりあえず、この魔獣をどうします？　トドメを刺しますか？」

「……いや、その前に話してみたいと思う。よく考えれば、こいつがその気なら、一瞬で俺たちを殺せていたはずだ」

バカなだけで性根が善寄りのフラッドは、無益な殺生《せっしょう》を好まない性格のため、首を横に振った。

「確かに……」

フラッドの魔法はおいておくとしても、この魔獣が気配を消して背後から攻撃すれば、二人は何が起きたか知ることもなく、命を落としていたことだろう。

「おい、大丈夫か？」

【ふっ……。この魔獣の長《おさ》たる私が……無様なことだ……】

敵意のない自嘲じみた声色で魔獣が応えた。

「何故《なぜ》俺たちを襲った？　魔石業者が魔獣を乱獲しているせいか？」

【そうだ……。お前たち人間は……我等《われら》魔獣を見れば……幼子だろうが身籠っていようが……容赦なく襲ってくる……。だから仕返ししたまでよ……】

「魔獣の子供、身重の魔獣を狩る……全て王国法違反です……」

エトナがフラッドに耳打ちする。

「すまない。全ては俺の責任だ」

自分のせいで魔獣に悪いことをしてしまった。そう本心から思ったフラッドが頭を下げる。

【お前……本当にここの領主なのか……？　窮地を脱すためのウソではなく……？】

「ああ、本当だ。俺はフラッド・ユーノ・フォーカス伯爵。このフォーカス領の領主だ」

【はっ……はははは……。頂点対頂点で敗れたとは……これでもう……この領の魔獣は……終わ……り……か……】

「いや……俺には勝った記憶が……」

「フラッド様、私に話を合わせてください」

話をゴチャらせようとするフラッドに、策がある。というように、小声でエトナが制する。

「あ、ああ。分かった」

フラッドが頷《うなず》くとエトナが魔獣へと向く。

「魔獣殿、フラッド様は確かにこのフォーカス領のご領主様です。言い訳に聞こえるかもしれませんが、魔獣乱獲の件に関しましては部下の暴走なのです。部下を御しえない責任があるとおっしゃられれば、確かにそれまでなのですが、こうして知った以上、フラッド様はこのままをよしとされません。ですからどうか、フラッド様にお力を貸してはいただけませんか？」

【…………私が人間に力を貸す……だと？】

「最初に提案した魔獣保護令、フラッド様なら発令することができます」

【部下も御しきれない程度の人間の……言葉を信じろと？】

「アナタは自身を、魔獣の長とおっしゃっていましたね。なら相応の身分あるアナタにお聞きしますが、アナタは罪なき人を襲う凶悪魔獣を御しきれているのですか？　人間の子供や妊婦が魔獣に殺されることもありますが、アナタが命令して襲わせているのですか？」

【バカを言うな……！　私がそのようなことを命じるワケがない……！】

そこで納得したように魔獣は起こしかけた身を戻した。

【確かにお前の言うとおりだ……私がいくら命令しても言うことを聞かぬ者もいる……】

「今回の魔獣乱獲の件も、同じことなのでございます」

【……………】

「魔獣よ、確かに、お互いに指導者として過失がある。だからこそ、二人が手を取り合って不足を補いあえたら、よりよい未来へ進めると思わないか？」

フラッドの曇りない瞳（そもそもアホだから謀略とか考えられない）にウソはないと魔獣は理解した。

【信じて……よいのか……？】

「裏切られたと思ったら、いつでも俺の下を去るといい」

本当なら「俺を殺せばいい」と言ってカッコつけようとしたフラッドだったが、流石《さすが》に恐ろしくて言えなかった。

【ふっ……いいだろう……お前と契約しよう……】

「？　使い魔になってくれるというのか？」

使い魔とは、人間と魔獣が契約を交わして結ばれる主従関係であり、基本的に魔獣は人語を話すことができないので、人間が魔獣を力で屈服させ、無理やり結ぶことが一般的だ。

魔法と同じく超常的な力《サク＝シャのカ》が働いているため、使い魔は契約を反故《ほご》にされない限り主人を裏切ることができない。

【ああ。契約はこうだ。フラッド・ユーノ・フォーカスは魔獣保護令を発令し、人を襲う魔獣以外を狩らせない。その約束が守られ続ける限り、この私、フォーカス領の全ての魔獣の長である『ディー』が、フラッド・ユーノ・フォーカスの使い魔となる――】

「ディー……それがお前の名なのか？」

【ああ……そうだ……契約するか……？　破れば即殺すぞ？】

フラッドは目の前の凶悪魔獣、領兵千人以上の戦闘力を持つディーが味方になってくれれば、これ以上心強いことはないと即答する。

「契約しよう、ディー。殺されるのは嫌だから決して破らないことを誓おう（約束を破らなければ殺されないという保険もあるから最高だ！）」

フラッドは剣で右手親指の腹を切り、血を滴《したた》らせディーの口元へ近づけた。

【受け入れよう、我が主《あるじ》、フラッド・ユーノ・フォーカスよ】

ディーはフラッドの血を飲み込み、淡い桃色の光が二人を包み、フラッドの右手の甲とディーの額に契約の印が刻まれ、ここに使い魔の契約が交わされた。

「まずはディーの治療をしないと……エトナ、なにか薬はあるか？」

「一応あるにはありますが、魔獣の、それもこの巨体に効くかどうかは……」

【問題ない、こうすればいい】

言うが早いか、ポンッという音と共に、ディーの体が煙に包まれたかと思うと、煙が晴れた先には可愛《かわい》らしい一匹の白イタチが立っていた。

「え……？　お前、ディーなのか？」

【そうだ主よ。私は魔法を使うことができる。発現した能力は《変身》。どのような姿にも変わることができるのだ】

「すごい……魔法が使える魔獣なんて国宝級ですよ……」

エトナが感嘆の声をもらす。

魔法は人間でも貴族といったごく一部にしか発現しないうえに、魔獣が魔法を発現する確率は天文学的に低いのだ。

【ふっふっふ、そうだろう？　称賛されるのは悪くない心地だ】

「改めて、ディーが味方になってくれて心強いよ。ちなみに、本当の姿は？」

「先程まで見せていた姿が本体だ。自分より強いものに変身できても、実力は自分のままだからな」

「なるほど……今小さくなった理由は？」

【回復重視ということだ。警戒されにくいという理由もある。が、肉体の強度は本体と同じままだから、私を殺せるものは少ないだろう】

「よく分かった。エトナ、治療だ」

「はいフラッド様」

ディーが小さくなった分、使う薬の量も少しでよく、エトナはディーの全身に切創用の血止めと消毒の軟膏《なんこう》を塗りつけた。

【……全身がべたべたする】

「わがまま言うな。死んだら元も子もないだろう？　とりあえず屋敷《やしき》に戻るぞ」

幸いにも逃げだした馬が近くにいたのを発見し、フラッドが手綱を持ち、エトナが後ろに、ディーがフラッドの肩に乗る形で、二人と一匹はフォーカス邸を目指した。

「ディー、一つ気になったんだが」

【なんだ主よ？】

「お前は自分のことを『フォーカス領の魔獣の長』って言ってたが、魔獣に人間が決めた領土の区分とか関係するのか？」

【ああ、もちろんだ。魔獣の長は基本的に私のように知性を持つものが多いからな。縄張りを決めるときは、人間が決めた領土を利用することが多いのだ】

「ではディーがいる限り、フォーカス領の魔獣はこちらの言うことを聞いてくれる。ということですか？」

【ああ、内容にもよるがな。私が納得すれば、それを命令としてフォーカス領の魔獣全種族に通達する】

「それは心強いですね」

「だな。次は俺がディーとの約束を守る番だ」


フォーカス領・領都アイオリス──

「よいか捜索隊よ‼　どのような手を使ってでも必ずフラッド様を探し出すのだ‼」

「「「はっ‼」」」

フラッドが金目の物を持って出奔した。と、クランツがゲラルトに告げ、ゲラルトはこのままではフラッドは処刑され、フォーカス家が断絶すると危惧し、即座に捜索隊を結成したのだった。

「うん？　どうしたゲラルト、これはなんのための部隊だ？」

丁度そこへフラッドが帰ってきた。

「若様捜索のための部隊……って、若様っ⁉」

「どうした、そんなに驚いた顔をして（もしかして裏切る準備でもしていたのか……？）」

「いっ、いえ、若様が出奔なされた……というデマが流れまして……」

「なんだとっ⁉　そのようなデマを流したバカ者は誰だっ！」

図星を突かれたフラッドは、怒ったフリをしてなんとか誤魔化そうとした。

「事実じゃないですか……」

「もっ、申し訳ありませんっ……！　ですが、若様、誰にも行き先を言わず、金品を持って突然遠乗りになど行かれて……どのような理由で？」

マズい。と、思ったフラッドは瞬時に持ち前の小賢《こざか》しさを発揮する。

「そ、それは、お前が今朝言っていたことへの対処のためだ」

「私が今朝言っていたことへの対処？」

「ああ。件《くだん》の凶悪魔獣、解決してきたぞ」

「えっ？　はっ？　ま、まことですかっ？　お一人で討伐なされたので……⁇」

ゲラルトが怪訝《けげん》な表情を浮かべる。

普通に考えれば、兵千人相当の実力を持つ魔獣を、フラッドとエトナ二人で討伐などできるわけがないのだ。

「ああ。討伐というより、使い魔にした。こいつだ。ディーという」

【私こそが、この領地一帯の魔獣の長《おさ》、ディーだ】

自己紹介するディーであったが、今は変身魔法で可愛らしいマスコット状態になっているので、説得力皆無であった。

「フラッド様……確かに、大きさ以外の見た目は一致しますが……その……」

なんと言ってたしなめようか？　と、ゲラルトが頭を悩ませていると、エトナがフラッドに助言する。

「フラッド様、ディーの本体を見せなければ誰も納得しませんよ」

「確かにな。ディー、できるか？」

【回復中だが、少しなら問題ない】

言うが早いか、ディーはフラッドの肩から飛び降りつつ魔法を解除する。

バフッ――――！

白い煙がディーを包んだ次の瞬間、五メートルの巨体が姿を現した。

「うおっ⁉」「うわっ‼」「ぎゃぁっ‼」

驚く兵士やゲラルト、騎乗していた者は、驚いた馬に振り落とされ、馬だけ逃げて行く。

【これで納得したか人間？】

「ああ……確かに……手配書にあるとおりだ……。ほっ、本当に若様が……？」

「そうだ（記憶にないけど）」

【まさか私が人間に敗れるとは思わなかったぞ】

ディーがゲラルトの横に立っていた兵士の槍《やり》の穂先をなぞるように爪で撫《な》でると、真っ二つに切断され皆言葉を失った。

「これが使い魔の証《あかし》だ」

フラッドが右手の甲を突き出して魔力を込めると、契約の刻印が浮かび上がり、同時にディーの額にも従属の刻印が浮かび上がった。

「「「おおおお……‼」」」

兵士たちが驚きの声を上げる。

「おっ……おおっ……！　このゲラルト間違っておりました！」

突然ゲラルトが跪《ひざまず》いた。

「ど、どうしたゲラルト？」

今までに見たことのないゲラルトの態度に驚くフラッド。

「若様……いえっ、フラッド様は、今まで無能のフリをなされていたのですね……！　その理由までは分かりませぬが……！」

「えっ？　今無能っていっ……」

イラッとしたフラッドにエトナが囁《ささや》く。

「フラッド様、兵長に話を合わせてください」

「わ、分かった」

「エトナ殿もご一緒だったとはいえ、単身で領民を悩ませていた魔獣討伐へ向かい、しかも使い魔にして帰ってくるなど、まさしく英雄の器でございます!!」

「い、いや……今まで苦労をかけたなゲラルト——」

優しくゲラルトの肩に手を置くフラッド。

「いえっ……！」

ゲラルトは涙を浮かべ頭《こうべ》を垂れた。

「戻っていいぞディー。ゲラルト、納得したのなら、クランツと共に執務室に集まれ。緊急の要件がある」

「はっ!!」

フォーカス邸・執務室——

「「魔獣保護令⁉」」

　フラッドの提案に、ゲラルトとクランツが声を上げた。

「どういうことですかフラッド様⁉　魔獣に懐柔なされたか⁈」

「言葉が過ぎるぞ家令殿」

　普段冷静なクランツが声を荒らげ、普段なら注意されるほうであるゲラルトがクランツを注意する。

「どうもこうも言ったままの意味だ。我がフォーカス領では今後、人を襲う魔獣以外の魔獣を狩ることを禁止する。だが正当防衛は認める。以上だ」

　フラッドは使い魔契約に違反しないよう、細心の注意を払っていた。

　こうなった時のフラッドの頭の回転の早さと口先の上手《うま》さは、天性のものと称せるほどであった。

「以上だ、ではありません！　どうして魔獣の肩を持たれるようなことをなさるのです⁉」

「魔獣の肩を持っているわけじゃない。不可侵条約を結んだようなものだ。人が魔獣を攻撃しなければ、魔獣も人を攻撃しない。簡単な話じゃないか」

「しかしフラッド様、その話を信じてもよろしいのですか？」

ゲラルトの問いかけにディーが答える。

【信じろ、としか言えぬな。私は魔獣の長として、人を襲わぬよう厳命する。それでも従わぬ跳ね返りはいるだろうが、そのような輩《やから》は好きに狩ってもらって構わん】

「魔石業者が黙ってはいませんぞ⁉　彼らの生活はどうなるというのです⁉」

クランツがしつこく食い下がる。

「我が領以外で魔獣を狩ればいいだけの話だろう。そもそもディーだけじゃなく、ここまで魔獣被害が増えたのも、法を無視した魔石業者のせいだ。なんなら奴《やつ》らに、法の裁きと賠償金を請求してもいいんだが、そうしないのは俺の恩情だ」

前世の経験から、恨みを買うことはなるべく避けたい。と、思っているフラッドは、魔石業者やクランツをすぐさま処分することをせず、一度は大目に見ることに決めたのだった。

「ぬっ……でっ、ですが……！」

「もし魔石の不売を起こされたらどうするのです？」

口ごもるクランツに代わってゲラルトが口を開いた。

「他の業者を使えばいい。そもそも奴らの自業自得《じごうじとく》なのだからな」

「か、彼らからの税収は決して少ないとは言えない額です……。フラッド様の今の生活をお支えするためにも……」

（ぬけぬけと……自分への賄賂がなくなることを危惧しているくせに……っ！　そもそもエトナと俺がディーに殺されそうになったのも、元はといえばコイツのせいじゃないか！）

フラッドはなんとか、忠臣面するクランツへの怒りを飲み込む。

「それは問題ない。よく考えてみろ、増えた魔獣被害への対策費用と魔石業者からの税収、長い目で見ても短期的な目で見ても、どちらが得かは一目瞭然だろう？」

「確かに……現在、魔獣被害対策には、かなりの予算が注《つ》ぎこまれています」

「だろう？　そもそも人命と金は天秤《てんびん》にかけられるものじゃない。それに、魔石業者には魔獣保護令を発布することと引き換えに、今までの罪を見逃す。という温情も与える。これ以上文句を言うのなら、俺にも考えがある。そうだろうクランツ？　ここまで見逃されていたのだから、少なからず俺の部下にも魔石業者と癒着していた者がいるはずだ。ソイツらを炙《あぶ》りだしてやってもいい」

「ふ……フラッド様のご随意に……」

クランツはこれ以上は藪蛇《やぶへび》になると理解し、折れることにして頭を下げた。

「よろしい。では今ここに魔獣保護令を発令する。破った者には相応の罰を与える。罰の仔細《しさい》はクランツとゲラルトが共同で考えろ。ディーが俺の使い魔である以上、人間がいくら誤魔化しても、魔獣からの報告で罪は明らかになる。以上だ、下がれ」

「「かしこまりました」」

二人が下がっていくと、黙っていたディーが口を開いた。

【まさか本当に保護令を出してくれるとはな……】

「俺は約束を守る男だ。守るつもりで約束したものなら、な（死にたくないし）」

「最後の一言で台無しですフラッド様」

【くっふふ……素直なのも考えものだな。しかしあの家令を罰さなくていいのか？】

「ああ。ヤツは我が領の政治に深く関わりすぎている。下手に突《つつ》くのは危険。だよな、エトナ？」

「はい。返り討ちにあう可能性のほうが高いです」

【それは二人が言っていた前世……とやらの経験からか？】

フラッドとエトナは死に戻りしたことをディーには打ち明けていた。

フラッドはシンプルに信頼できる者だと感じたから。という理由だったが、エトナは信じられても信じられなくてもどちらでもいいし、仮にディーが裏切って、フラッドと自分の死に戻りの話を誰かにしたとして、そんな世迷言《よまいごと》を信じる者はいない。という計算もあった。

「だな。というよりも、よく俺たちの話を信じたな？」

【主《あるじ》の強さを身をもって体験したからな。あれは尋常ではない。自画自賛するわけではないが、私は魔獣の中でも最強クラスなのだぞ？】

「…………ならよかった（よく覚えてないけど）。とりあえず今日は疲れた……長すぎる一日だ……」

「休みましょうか」

【ああ、私も傷を癒《いや》したいからな――】

第五話「後継者」

魔獣保護令が発布されると、ディーの働きかけもあり、魔獣被害は激減していった。
同時に凶悪魔獣を単独で狩りに行き、倒すどころか使い魔にして帰ってきたフラッドに対し、フォーカス領領民たちは、バカ領主と嘲笑していたフラッドへの評価を多少改めていた。

「まさかあのバカ領主がなぁ？」「けど魔獣の被害が激減したのは事実だ」「顔だけが取り柄ってワケじゃなかったんだねぇ……」「そもそも魔石業者のクソ野郎共がいけねぇんだ。俺はアイツらが魔獣の子供を殺すのを見たぞ」「威張りくさってた魔石業者もざまぁみろだ‼」

フォーカス邸・食堂――

「うむ……美味《うま》い……。ジャガイモの風味がバターとマッチして最高の味わいだ……」

フラッドは昼食に出されたジャガイモ料理を食べながら、満足気に頷《うなず》いていた。

「料理長、よくやった。これからも毎食一品は、必ずジャガイモ料理を出すように。同じレシピでもいいが、俺がオーダーしない限り、できれば毎食違うものを出してくれ」

「か、かしこまりました……」

料理長や使用人たちは、毎日喜んでジャガイモ料理を食べるフラッドに対し「ついに頭がおかしくなったのか？」と訝《いぶか》しんでいた。

「どうだ、ディー？　バカにしていたが、ジャガイモは美味いだろう？」

【ああ、確かに美味いな。そもそもバカにしていないぞ。魔獣はジャガイモを主食にする種もいるからな】

「だったらなんであのとき激怒していたんだ？」

【お前は友誼《ゆうぎ》を結びに来た相手から、ペットのエサを差し出され「食べろ」と言われて喜ぶのか？】

「なるほどな……だが誤解は解けたろう？」

【ああ。十二分にな】

「それはなによりだ」

「ではフラッド様、そろそろ今後のことについて話し合いましょう」

「そうだな。流石《さすが》にゆっくりしすぎた」

フラッドは昼食を終えると、エトナとディーを引き連れ執務室へ移動した。


フォーカス邸・執務室――

「それで今後についてだが、とりあえず、俺が庶民になるために後継者を探したいと思う」

「それがよろしいかと思います。ちなみに目星はついているんですか？」

「それなんだが……。一つ妙案が浮かんだんだ……」

「……期待はできませんが、なんでしょう？」

「ふふふ……それはな……」

もったいぶるようにフラッドが溜《た》める。

「なんかイラッとするんで、早く話してもらっていいですか？」

エトナにツッコまれつつも、もったいつけるようにしてからフラッドは口を開いた。

「反乱軍を率いていた、あのクソガキを俺の後継者にしてしまうのだ‼」

フラッドの妙案にエトナは驚いたように、少しだけ目を見張った。

「そのクソガキ……というのは、カイン・ファーナー・ベルティエのことでいいんですよね？」

「そんな名前だったか？　顔は覚えているが名前はよく覚えてない」


カイン・ファーナー・ベルティエ――

フォーカス領と隣接するベルティエ領、ベルティエ侯爵の庶子。

フラッドよりも三つほど年下で、艶《つや》めく黒髪に愁《うれ》いを帯びた紫の瞳を持つ童顔の美少年。

フラッドのことを激しく憎み、フォーカス領への侵攻を企てる帝国と内通してフォーカス領で反乱を引き起こし、フラッドとエトナを捕らえ処刑した張本人。


「驚きました……。フラッド様とは思えない良案ですね……」

「はっはっはっ！　だろう！」

「ですが、いいんですか？　前世でフラッド様を処刑した相手ですよ？」

「だからだ！　ヤツは今世で俺の下僕として前世の罪を償ってもらう！　俺の後継者ということで俺が庶民になった後も、ずっとこの、責任だ責務だのと頭が痛くなる貴族の世界で生き続けさせるのだ‼」

「てっきり復讐《ふくしゅう》のために殺すかと思ってましたよ」

「確かに、俺はともかく、エトナを処刑したのは万死に値する罪だ！　が、この世界ではまだ悪事を働いていないからな！　それに、殺すのはちょっとやり過ぎる感があって嫌なんだ‼」

【臆病なのか優し過ぎるのか、どっちなんだ？】

ディーの問いかけにエトナが答えた。

「もちろん前者ですよ。まぁ、フラッド様はお優しい面もありますから、一概には言えませんけどね」

「そもそも俺に親族もいなければ貴族間のコネもツテもないから、消去法であのクソガキのツラしか浮かばなかったのもある」

「友達もいませんしね」

「うっさいわ‼」

「まぁ、理由を聞いてがっかりですけど、確かに悪くありません。他領出身でありながら、ここフォーカス領で民をまとめ反乱軍を組織したこと。領主ですらない存在でありながら、帝国と対等な条件で内通できたこと。その後一気に蜂起して、フラッド様が対策する間もなく瞬《また》く間《ま》に領内を掌握したこと。その後の統治も問題なかったようですし、指導力も政治力も非凡と評せます。実績も十分です」

「だが一つ解《げ》せんのは、ヤツはどうしてわざわざ他所《よそ》からやってきて、俺を目の敵にしていたのか？　だ」

「ああ、それですか。カインがフラッド様を恨んだ理由は、ちゃんとありますよ」

「なんだエトナ、ヤツのことを知っているのか？」

「はい。前世で一応ヤツのことを調べましたから。反乱を起こされてから、なのが歯がゆいですが」

「それは仕方ない。ヤツがそれだけ巧妙で邪知に長《た》けていたのだ。ちなみに、俺への恨みは逆恨みではないのか？」

「はい。まずカインの出生ですが、カインはベルティエ侯爵が当時の使用人に産ませた庶子なのです」

「ふむ……それが？　別段珍しい話でもないし、俺には関係ないだろう」

「その母親はカインを出産後、侯爵家から追放され、故郷に帰って一人孤独に生活していましたが、飢饉《ききん》の影響で餓死した……。その場所がここ、フォーカス領だったのです」

「なんとっ……！　つまりヤツは母親を俺に殺された。と、逆恨みしての犯行だったのか……っ！」

「えっ……？　ちゃんと聞いてました？　逆恨みじゃないですよ？」

【確かに逆恨みではないな】

ディーもエトナに同意する。

「とりあえず暫定逆恨みということで話を進める！　エトナ、カインを俺の後継者にすることは可能か？」

エトナは前世と今世で集めた情報を、頭の中で総合させ答える。

「はい。むしろかなりお勧めかと。先ほども言ったとおり、庶子であるカインは、ベルティエ侯爵家で下賤《げせん》な者と冷遇されています。つまり、邪魔者です。それがフラッド様の後継者、次期フォーカス伯爵となるのなら、侯爵は喜んでカインをフラッド様に差し出すでしょう。隣領であるベルティエ領と友好関係を築ける上に、反乱の芽も潰せる。最高に近い策ですね」

「そうだろう！　ちなみにカインの母親は飢饉で死んだ。ということは、この世界ではまだ生きて、この領のどこかで暮らしているということだな？」

「はい」

「ならすぐに探し出してこの屋敷《やしき》で雇うとしよう！　別に痛い目に遭わせたりするワケじゃないが、母親を厚遇しておけば、あのクソガキへの保険にもなるしな！　せいぜい親子で前世の罪を償ってもらうとしよう！」

「なるほど……ですが難しいですよ……。カインの母親の情報は侯爵がもみ消していることもあって、詳細が分かりませんから」

「ふむ……。ヤツの母姓はファーナーだったな……」

「母姓が本当だとは限りませんが……反乱の時カイン・ファーナーを名乗っていましたし、その可能性は高いですね」

この世界《テラー》の貴族の命名法則は名前・母方の姓・父方の姓が基本である。

フラッド・ユーノ・フォーカスは、フラッドがファーストネーム、ユーノが母親の姓、フォーカスが父親の姓となる。

そのため、カイン・ファーナー・ベルティエは、母親がファーナー家出身ということになる。

「よし、とりあえずヤツの外見の特徴も含めて、ファーナーという姓の、三十〜四十代の歳《とし》よりも若く見える黒髪の美女、を探させようと思うがどうだろう？」

「悪くはないと思います。確かベルティエ侯爵は金髪でしたし、お世辞にも整った顔ではなかったので、整った顔立ちと黒髪は母親からの遺伝でしょう」

「あとはゲラルトとクランツにも協力させよう。ちなみに、あれからクランツに怪しい動きはあるか？」

「今のところはありませんね」

【私は帰ってきたばかりだから、よく分からん】

ディーは魔獣保護令の約束として、フォーカス領の魔獣たちに直接会いに行き、人を襲わないよう厳命して帰ってきたばかりだった。

「引き続き注視してくれ。当面はヤツが一番危険だ」

「はい。では兵長と家令を呼んできます」

「頼む」

退出するエトナを見つつディーが疑問を口にした。

【しかし主《あるじ》よ、せっかくの地位を捨てることに執着はないのか?】

フラッドは考える素振りをすることなく、首を横に振った。

「ない。命には代えられないからな。そもそも俺は責任とか責務とか大嫌いだ」

【確かに、分からなくもないな】

「だが、ただ庶民になるつもりもない。働くとか死んでもゴメンだから、俺とエトナで一生生活するに困らないだけの金を持って、庶民になるつもりだ」

【抜け目ないな】

「だが安心してくれ。後継者にも、必ず魔獣保護令を継続させるよう厳命する」

【……本当に抜け目ないな】

そう話していると、エトナに連れられたゲラルトとクランツが入室してきた。

「二人には重大な要件を頼みたい」

フラッドは両手を組んでアゴを乗せ、重々しく発した。

「はいフラッド様」

「……なんでしょうフラッド様」

クランツはフラッドに、また余計なことをされるのではないか？　というような態度だ。

「ファーナーという年のころは三十～四十の黒髪の、実年齢よりもかなり若く見える美女を見つけてほしい」

「はっ？」

「…………っ」

なにを言ってるんだこいつは？　という表情を浮かべるゲラルトに対し、クランツは一瞬だが驚いた表情を浮かべた。

「（うん？　今クランツ動揺したよな……？）クランツ、何か知っているのか？」

「い、いいえ。まったく」

クランツは額に汗を浮かべながら首を横に振る。

「フラッド様、その女性はどのような人物なのですか？　まさか、街中で一瞬見かけて以来ずっと気になっている……というような話ではないのですよね？」

「お前は俺をなんだと思っているんだ。いいか、これはこの領の未来にも関係してくる重大事項。決して手を抜かず、徹底的に行ってほしい」

「フラッド様がそこまでおっしゃられるのなら……領兵を総動員させましょう」

「私も官僚たちを総動員させます」

「うん。頼んだぞゲラルト、クランツ」

「「はっ‼」」

頭を下げて二人は退出していった。

「……エトナ、ディー、クランツの不審な挙動を見たか？」

「はい、一瞬ですが動揺していましたね」

【あれは絶対何か知っている反応だ】

「俺もそう思う。ディー、クランツの後をつけてもらうことは可能か？」

【無論だ】

「頼む。もしかしたら、思ったよりも早く、この件は解決するかもしれん」

【任せろ主よ。面白くなってきた――】

ディーはニヤリと笑うとネズミに変身して執務室を後にしていった。

第六話「裏の顔」

「あの小僧めが調子に乗りおって……っ！　バカはバカらしく素直に操られておればいいものをっ！」

クランツはファーナー母探索命を各所に通達するフリをしつつ、お抱え馬車に乗り急ぎ自身の邸宅へと向かっていた。

（……これがヤツの本性か。主とエトナの言うとおり、絵に描いたような奸物《かんぶつ》だな。しかし、何故《なぜ》自身の屋敷へ向かっているのだ……？）

ネズミに化けて馬車の中に潜んでいるディーは、自分一人だと思って素《す》を出し、ぶつぶつと独り言を言っているクランツを観察していた。

「しかし……フラッドのバカはどこで女の情報を手に入れたのだ……？　ただの偶然か……？　私とあの方の関係に気付いた……？　いや……ありえない……」

（女の情報？　こいつ、ファーナー母のことを知っているのか？）

クランツ邸に到着した馬車は、厳重な警備に守られた正門を抜け中へ入った。

（個人の邸宅にしては厳重すぎる警護体制だな……。なにか隠しているのか？）

「お帰りなさいませ旦那様。火急の要件とのこと。いかがされました？」

馬車から降りるクランツを、クランツのように執事服に身を包んだ壮年の男が出迎えた。

「あの女はどうしている？」

「例の特別ですか？　他の女たちと同じく地下にございます」

「最後に確認したのは？」

「つい先程でございます」

屋敷の中へ移動しながら二人が会話を交わし、その後ろをネズミに化けたディーがついていく。

「誰か屋敷《ここ》にきた間諜《かんちょう》の類、怪しい者はいなかったか？」

「ございません。いえ……そういえば一人、旅人という男が屋敷の周囲をふらついていたので、捕らえて尋問にかけました」

「結果は？」

「本当にただの旅人でございまして、死にました」

「結構」

（無実な人間を捕らえて拷問死させておいて結構。か……。なかなかに腐っているな

――）

屋敷《やしき》の中も完全武装した警備兵が常に巡回しており、尋常ではない警備体制が敷かれていた。

（どうなっているんだこの屋敷は？　領主邸よりも厳重な警備じゃないか）

ディーが考えている内に、クランツは執事らしき男と警備兵を連れて屋敷の奥へ進んでいった。

「旦那様、お楽しみになりますか？」

「そうだな。憂《う》さ晴らしも兼ねるとしよう」

「かしこまりました。ご用意しておきます」

「うむ」

（なにを用意するんだ？　行き止まりだぞ？）

そうディーが疑問に思ったのも束《つか》の間《ま》、クランツが壁にうっすらと浮き上がっている凸部分を押すと、音を立てて壁が開き、地下へと繋《つな》がる階段が姿を現した。

（ああ……。これは、当たりかな――）

ディーの予想どおり、隠された地下室にはいくつもの地下牢《ちかろう》があり、十数人にも及ぶ美女がぼろ着を着せられ牢に繋がれていた。

「ふむ……ちゃんといるな、サラ・ファーナー」

クランツが足を止めた先では、長い黒髪が特徴的な美女が牢の中で足枷《あしかせ》を着けられていた。

（こいつが主が探していたファーナー母か……？　しかし……多く見積もっても二十代にしか見えんぞ……？）

サラ・ファーナーは、ぼろ着や傷んだ髪や汚れた肌のせいで、その美を多少損なっているものの、それでも三十どころか十代にも見えるほど若く美しかった。

「いるもなにも……私はここから逃げられませんからね……」

クランツの言葉に、サラは全てを諦めきったように応えた。

「一つ聞くが、私に隠れて外部と連絡をとった……などということは」

「どうやって？　だとしたら、仲介役はアナタの部下になりますが」

普段の紳士然としたクランツの顔が醜く歪《ゆが》む。

「ふふっ……そうだな……っ！　それでいい！　ははは！　おい、誰でもいい、一人連れてこい！」

「はっ！」

兵士は牢の中から無造作に一人の美女を連れてクランツの目の前に座らせ、執事が手に持っていた鞭《むち》をクランツに渡した。

「お前は時が来るまでは殺さん。殺せない。その強気な態度のお前を殺す日を思うと、今にも爆発しそうだ！」

笑いながらクランツは、手に持った鞭で目の前の美女を打ち据えた。

「ぎゃっ‼」

肉が打たれる音と共に絶叫が響く。

「やっ、やめてください！　私を打擲《ちょうちゃく》されればよろしいでしょう⁉」

「お前はＶＩＰなのだ。それに、打たれたい者を打っても楽しくない‼　だからこうするのだ‼」

「あああああっ‼」

美女は何度も鞭で打擲され、気を失って運ばれていった。

「ふー……っ……！　ふっー……っ！」

クランツは運ばれていく美女を見ながら満足げに頷《うなず》き、ワイシャツの胸元のボタンを開け、執事から受け取ったワインを呷《あお》った。

地下牢に美女を監禁して、満足するまで暴行や凌辱《りょうじょく》を行う。このような外道の所業を喜んで行う鬼畜さ、異常性がクランツの本性であった。

「少しは気が晴れたわ。とりあえずあのバカを諦めさせる策を練る！　あれにはまだ利用価値があるからな！　人形としてちゃんと操られてもらわねばならん‼」

以前エトナが言っていたように、前世でフラッドの悪行に数えられているものは、ほとんどクランツが引き起こしたものであった。

例を挙げると、魔石業者との癒着による魔獣被害の激増、飢饉《ききん》への無対策（意図的に行わなかった）による夥《おびただ》しい餓死者の発生、反乱の勃発（反乱分子を見逃し、むしろ援助した挙句最後は全ての責任をフラッドに押し付け、クランツ自身は反乱軍へ寝返る）等《など》、主要なものだけでもこれだけあり、小さいものを含めれば数えきれないほどであった。

それに気付けなかった、専横を許したアホのフラッドと、気付いていながら「どうでもいい」と、傍観していたエトナにも責任はあるが、それをおいてもクランツの罪は余りあった。

（これはすぐにでも主《あるじ》に伝えねば……）

ディーはすぐさまクランツ邸を出ると、鳥に変身してフラッドの下へ戻った。

フォーカス邸・フラッドの私室――

「なぁにぃっ⁉　クランツがファーナー母を監禁していた⁉」

「マジですか？」

ディーの報告にフラッドとエトナは目を丸くした。

【ああ、大マジだ。どころか、美女十数人が地下に監禁されてたぞ】

「クランツのヤツ……そこまで歪《いびつ》な性癖を持っていたとは……」

「アイツなら不思議ではありませんが、ファーナー母へのセリフは気になりますね……。お前はＶＩＰ、でしたっけ？」

【ああ、確かにそう言っていたな。証拠に、他の傷だらけの女たちに比べ、ファーナー母は手出しされていない様子だった】

「どういうことだ……？　俺が捜索を命じたのは今日の今日……だというのに、クランツはもっと前から、意図的にファーナー母を狙って監禁していた……。ということか？」

【そうなるな】

「あとはクランツ自身に聞くしかないようですね」

フラッドは一旦椅子に深く腰を沈めると、大きくため息を吐《つ》いた。

「ふー………。クランツ……父の代から仕えた老臣……信用していたのにな……」

エトナほど、とは言わないが、前世ではクランツを亜父のように思っていたフラッドは、内心傷ついていた。

「お気持ちは察しますが、今は絶好の機会。兵を連れヤツの屋敷に押し込めば、ヤツの悪事の証拠ごとファーナー母を手に入れられ、ヤツを断罪することができます」

【ヤツは魔獣である私からしても不愉快だ。主の使い魔でなければその場で殺していたぞ】

二人の言葉を受け、フラッドは意を決したようにゆっくり頷いた。

「よし、やろう。クランツを断罪し、ファーナー母を助ける。ゲラルトを呼んでくれ」

【ゲラルトは信用できるのか？】

ディーの疑問にエトナが答える。

「兵長は大丈夫だと思います。元々先代から仕える忠義深い武人ですし、前世で裏切った理由も、クランツが大体の原因でしたから」

「俺もゲラルトは大丈夫だと思う。良くも悪くも、裏表のない男だからな」

そうしてゲラルトが呼び出された。

「フラッド様、今はまだ捜索隊の編成を決めている最中でして……結果が出るにはまだ時間が……」

「案ずるなゲラルト。ディーのおかげで、ファーナー婦人の居場所が分かった」

「なんと！　どこでしょう？」

「その前にゲラルト、お前に聞きたいことがある。お前は忠臣か？　その命を俺に預けることができるか？」

　フラッドの問いに、ゲラルトは少しだけ驚いたような表情を浮かべると、真剣な顔つきでフラッドの瞳を見返した。

「フラッド様、この老骨は生涯の忠誠をフォーカス家に誓った身。この命、フラッド様にお捧《ささ》げ致します――」

「分かった（前世で裏切ったくせに……）。ならゲラルト、この領の根幹に関わる重大な話がある……」

　フラッドはクランツの悪行の全て、魔石業者との癒着や横領、地下に監禁された美女たちのことをゲラルトに話した。

「なっ、なんと……クランツがそこまでの外道だったとは……」

　あまりにも理解しがたい事実に呆然《ぼうぜん》とするゲラルト。

「俺も驚いている。だが、事実だ。だからゲラルト、お前は自身の最も信頼の置ける部下、特にクランツとその関係者に情報を流さないような者を、今日の夜までに選抜してくれ」

「と、いうことは……」

「ああ、クランツ邸に襲撃をかける。無論、殺すためじゃない。ヤツを捕らえ、その罪を白日の下にさらし、ファーナー婦人を始め、捕らえられている女性たちを解放するためだ」

「かしこまりました！　このゲラルト、命に懸けて選抜隊を組織します‼」

ゲラルトが退出し、立ち上がったフラッドは窓から見える青空を見ながら呟《つぶや》いた。

「クランツ……全て偽りだったのか……」

【主……】

「フラッド様、裏切り者にかける情があるのなら、それら全てを、今フラッド様に忠誠を尽くす者にお与えください」

寂し気な背中に同情するようなディーに対し、エトナは冷酷にも見える淡白さで情熱的であった。

「ああ、そうだな。ありがとうエトナ――」

第七話　「決断と決行」

「集まったか……」

　深夜、フォーカス邸の前には完全武装した百人の兵士が整列していた。

「ゲラルト、よくこれだけ集めてくれた」

「いえ、全てはフラッド様、そしてフォーカス領のためです。兵の皆も同じ気持ちでございます。ひいてはフラッド様、お下知をいただきたく」

「えっ⁉」

　まさかの無茶ぶりに動揺するフラッドへ、エトナが耳打ちする。

「フラッド様、なんでもいいですから、それっぽいこと言ってください。士気が下がりますから」

「でもやったことないしっ……！　いきなり言われても困るんだがっ……！」

「前世のことを思えば、なんてことないでしょう」

「たっ、確かに……っ」

　前世で逃亡時の一瞬も心休まることなく、常に追手が来ないかと不安だったことを思えば、これくらいなんてことない。と、エトナの耳打ちに頷き、フラッドは兵の前に歩み出た。

「皆よく聞け！　今から家令クランツの屋敷《やしき》へ向かい、ヤツとその関係者を逮捕する！　ヤツは血税を横領し汚職で財を成し、また、無辜《むこ》の民を誘拐して殺害し、美女を見つけては地下牢《ちかろう》に監禁し己の慰み者にする、重犯罪者であるからだ‼　この策は早さこそ全て！　皆！　この我々の決起がヤツに伝わるよりも早く、ヤツが証拠を隠す前に、ヤツが逃げる前に捕まえるのだ‼」

やってみたらやってみたで、特有の小賢《こざか》しさを発揮し、スラスラと言葉が出るフラッドであった。

「「「「おおおおお‼‼」」」」

「全員騎乗‼」

ゲラルトの命に従い全兵が騎乗する。

「目指すはクランツ邸！　出撃‼」

「「「「おおおおお‼‼」」」」

フラッドも後ろにエトナを乗せ駆け出す兵の後ろからついていく。

ディーは鳥に変身してクランツ邸に動きがないか警戒していた。

クランツ邸・クランツの私室——

「……んん？　なんだ騒がしい！」

就寝していたクランツは外から聞こえる騒音に目を覚まし、不機嫌になりつつ呼び鈴を鳴らした。

「たっ、大変でございますっ!!」

「無礼者!!」

バキャッ——!!

ノックもせずに血相を変えて入室してきた執事を、クランツは水差しでぶん殴った。

「ぎゃあああ!!」

砕けた水差しの破片が頭に刺さり、ピューピューと血を噴き出しながら執事が床を転がる。

「なにをふざけているのだ!!　殺すぞ!!」

「グボッ?!」

腹を蹴られて正気を取り戻した執事がなんとか起き上がる。

「で？　何があった？」

「たっ、大変でございます！　領主自ら兵を率いてこの屋敷を包囲しました‼　ゲラルト領兵長の姿もあります‼」

「な、なんだとっ⁉　なにが目的だ⁈」

「ご主人様を逮捕しに来たとのことです‼」

「………………」

あまりにも急な事態に、クランツは一瞬頭の中が真っ白になる。

「！　どっ、どういうことだっ⁈　ゲラルトが私を蹴落とすためにあのバカを唆《そそのか》した……？　いや、あいつにそんな野心はない……ならあのバカが自分で……？　ちなみに罪状は⁉」

「おっ、横領、汚職、誘拐に殺人と監禁とのことです！」

クランツは視界が歪《ゆが》む思いがした。

「なっ、なんでっ……！　いや、証拠がないっ‼　あのバカがどうしてこんなことをしだしたのか理由は分からんが、あのバカ主導ならどうにでも丸め込めるはずだ……‼」

ディーが現場を目撃していることに気付いていないうえに、未《いま》だフラッドのことを侮《あなど》っているクランツは、自分が本気でフラッドの情に訴えかければ、誤解だと思わせられるだろう。と、この期《ご》に及んで事態を甘く見ていた。

クランツ邸・ロビー──

正門を守っていた警備兵を鎮圧したフラッドたちは、屋敷の周囲を固める兵を残し正面玄関から屋敷に入った。

「クランツ！　出てこい！　抵抗しなければ命まではとらん‼」

領兵に守られながらフラッドがクランツへ投降を呼びかけると、二階から執事服に着替えたクランツが姿を現した。

「ごっ、誤解でございますフラッド様！　私が何をしたというのですっ⁉」

クランツは目に涙を溜めた悲愴《ひそう》な表情で自身の無実を訴える。

「誤解かどうかはこの屋敷を調べれば判《わか》ることだ。二度は言わん、素直に投降しろ」

「フラッド様！　いったい誰に唆されたのですっ⁉　きっとその者は私の座を狙う奸臣《かんしん》！　全て讒言《ざんげん》でございます‼　フラッド様はこの私とその者と、どちらを信じられるのですっ‼」

前世の経験から、あからさまなクランツの演技を見破り、苛立《いらだ》ちを覚えるフラッド。

「自己紹介か？　そもそも俺は誰にも唆されてなどいない。何故《なぜ》なら、お前の罪はすべて俺自身が暴いたのだから」

「しっ、証拠はあるのですかっ⁉　いくらフラッド様といえどこのような無体、王国法においては……」

「法？　法を持ち出していいのか？　お前が」

フラッドの瞳は芯があるように真っすぐで、クランツは説得が不可能だと悟った。

「では乱心されたのですね……っ！　どのような小説をお読みになられたのかは知りませんが……領主たる者が証拠もなく重臣を裁くなど、乱心もいいところです。ゲラルト殿！　アナタなら私の無実を信じてくださるでしょう⁉」

今まで静かに二人のやりとりを見つめていたゲラルトは、ゆっくり首を横に振った。

「クランツ殿、本当に無実ならフラッド様に従うべきだ。それでアナタが無実だったのなら、私はフラッド様と共に、その責任をとりましょう」

「…………そうか。は……はは……っ……」

ゲラルトの答えにクランツは顔を歪めて笑った。

「はははははは‼　なら皆殺しだ‼　お前たち‼　フラッドもゲラルトも生かして帰すな‼」

「とうとう本性を現しましたね」

「だな」

　エトナが呟き、フラッドが応えた。

「開き直ったかクランツ。こちらには百名の兵にゲラルトがいる。屋敷の中の数十程度の手勢で俺たちに敵《かな》うと思っているのか？」

「数は問題ではない！　お前たちが死にさえすれば後はどうとでもなるのだ‼　やれ‼」

　クランツの命令に応え、控えていた警備兵たちが得物を抜いてフラッドたちに斬りかかった。

　本来のフラッドなら恐怖で卒倒しているところだが、前世で公開処刑されたときの緊張感と絶望感に比べればなんてことはない。と、思えていた。

「ふんっ‼」

「ぎゃっ⁉」「ごっ……‼」「かっ⁈」

　ゲラルトが即座に反応して、向かってきた三人の兵を剣の腹と柄《つか》で殴り昏倒《こんとう》させる。

「お前たちの生存が最優先だが、できるならなるべく殺すな‼」

「「「はっ‼‼」」」

　ゲラルトが選抜した精鋭領兵たちは、クランツが雇った警備兵を次々と斬り伏せ、無力化していく。

「死ねぇ‼」

ヒュンッ――‼

フラッドの死角からクロスボウが放たれたが、フラッドは当たる寸前で瞬間移動するようにその矢を躱《かわ》した。

「？　どこを射《う》っている？」

あまりにも的外れな場所に突き刺さる矢に首を傾《かし》げるフラッド。

本人は気付いていないが、矢が当たる瞬間、フラッドは《生存本能》の一部が発動し無意識に矢を躱したのだ。

「なっ⁉　バカ……がはっ‼」

驚く射手の首にエトナが放った投げナイフが刺さる。

「そのナイフを抜かなければ命は助かりますよ。抜けば失血死です」

「――――」

射手は武器を捨て、首に刺さったナイフがバランスを崩さないよう、片手で押さえ、もう片手を上げて降参の意を示しつつ、床に腰を下ろした。

「なっ、なにをやっているお前たち‼　早くヤツ等《ら》を殺さんか‼‼」

荒事に疎《うと》いクランツは、いくらゲラルトでも飛び道具には勝てまい。と、たかをくくっていたが、ゲラルトはクロスボウの矢を軽々と躱し、射手を無力化していく。

「むっ、無理ですご主人様、逃げましょう‼」

顔を血塗《ちまみ》れにしたままの執事がクランツの肩を揺する。

「ちっ‼　仕方ないかっ……‼」

【どこへ逃げる？】

ドゴォッ——‼

逃亡しようとした二人の背後に変身を解いたディーが立ちふさがった。

「ひぃっ‼」

「あっ……ああ——‼」

二人は腰を抜かして倒れこみ、クランツを始めとした屋敷内にいた者は皆捕縛された。


クランツ邸・地下牢——

「はぁ……」

そこではサラ・ファーナーが独居房の中、一人ため息を吐《つ》いていた。

「ここで終わりなのかな……。カイン……最後に一目でも、アナタに会いたかった……」

これまでのクランツとの会話から、自分は絶対に助からないこと、それもそう遠くないうちに自分は殺される。そう理解していたサラは全てを諦めていた。

サラ・ファーナーの人生は、決して幸福とは言えないものであった。

孤児として生まれたサラは、その美しい容姿を気に入られ、孤児院からベルティエ侯爵家に使用人として引き取られる。

その後すぐにお手つきとなり、現ベルティエ侯爵の子を身ごもりカインを出産する。

カインが五歳になるまでは、共に屋敷《やしき》の屋根裏で暮らしていたが、サラの存在に堪《た》えかねた侯爵夫人によってサラだけ領地追放され、今後二度とベルティエ領の土を踏んではいけない。カインのことについて口外してはいけない。破った場合両者の命はない。と、脅されカインと生き別れになる。

そして流れ着いたフォーカス領で一人寂しく人目を忍んで暮らしていたが、クランツという変態家令に目をつけられ地下に監禁されて今に至る。

もう人生に何の希望も見出《みいだ》せない。

朽ちて死んでいくだけだ。

「フォーカス領領主、フラッド・ユーノ・フォーカス伯爵だ‼　皆を解放しに来た‼　生きている者は返事をしてくれ‼」

そう思っていたのに――

「お前たち！　くれぐれも丁重に！」

その声と共に大勢の重い足音が聞こえ、入り口に近い牢屋《ろうや》から同じく監禁されていた人の歓喜の声が響いてくる。その声の連鎖が徐々に近づき——

「えっ……?」

思わず驚いてしまうほど、サラにとって自分たちを助けに来てくれた救世主は、あまりにも輝いて見えた。

艶《つや》めく金髪とどこまでも澄んだ青い瞳は、おとぎ話に出てくる王子様のような、むしろそれ以上の絶世の美男子そのもので、日の入らぬ地下であっても輝いて見えるほどであった。

「サラ・ファーナーか!?」

「はっ、はいっ……!」

サラは返事をするのが精いっぱいだった。

「エトナ!」

「はい、フラッド様」

エトナと呼ばれた少女が牢の鍵を開け、枷《かせ》を外してくれる。

「サラ・ファーナー。探したぞ」

「さっ、探した……? 私を……?」

まさか、ベルティエ家の関係者か？　そうサラが身構えると、目の前の息子に年が近い美少年は澄んだ瞳を向け、悲しげに歪《ゆが》ませると、サラを抱きしめた――

「詳しくは言えないが、事情は知っている。辛《つら》かっただろう……サラ……」

「そっ……そのような……っ、こっ……とは……」

目の前の少年にどのような意図があるのかは分からない。が、今の言葉は嘘《うそ》ではないと理解できて、サラは何故か涙が止まらなくなった。

「う……あ……ああ――っ！」

クランツ邸・ロビー――

「さて……これで監禁されていた者は全員か……」

「はっ！　クランツの証言からも間違いはないかと！」

無事サラ・ファーナーを確保できたフラッドは一安心しつつ、このままでは彼女たちに申し訳ない。と、憤《いきどお》りを感じていた。

「被害者の彼女たちとクランツ以外は皆下がれ」

「「「はっ!!」」」

フラッドの言葉にエトナ、ディー、ゲラルト以外の者は外へ出て行った。

「ゲラルト、お前も下がれ」

「フラッド様……」

心配そうな表情を浮かべるゲラルトに、フラッドは苦笑を返す。

「すまない。だが、法を曲げてでも、自分に嘘はつけないみたいだ」

「…………」

自嘲の笑みを浮かべるフラッドに無言のまま頭を下げ、ゲラルトも外へ出た。

「なっ！　なにをする気だっ⁉　私は素直に投降しただろっ⁉」

不穏な空気を感じ取って後ろ手に縛られたクランツがもがく。

「黙っていろ。ディー」

【了解】

「ぎゅっ‼」

魔獣形態のディーがクランツの口を塞ぎ動きを止める。

「法の裁きを受けさせれば、コイツに私刑を行うことはできない。だから、これが最初で最後の機会だ。もしここでクランツが死んでも、俺はお前たちを罪には問わない。エトナ」

「はい。フラッド様」

そう言ってフラッドがエトナから受け取ったのは、クランツの愛用していた鞭《むち》であり、フラッドはそれを美女たちに差し出した。

「遠慮は無用だ。お前たちにはその権利がある」

「むぐー‼　むごごー‼」

「申し訳ありません……領主様っ……！　それでも私は……っ」

戸惑う女たちの中、先ほどクランツに打擲《ちょうちゃく》された女がフラッドの手から鞭を手に摑《つか》んだ。

「構わない。存分に恨みを晴らせ」

「……っ。ありがとうございますっ……！」

「まっ、待て……っ！　こんなことをしたらどう……」

「どうなってもお前だけは許せない──‼」

女は思い切り鞭をクランツに向けて放った。

ベチィッ──！

「ぎゃあああああああああ‼‼」

一打受けただけでクランツが悲鳴を上げ、のたうち回る。

「この程度でっ……！　今まで私たちが何百何千この鞭を受けたと思っているの……！」

「わっ、私も……！」「アタシもっ……！」

「まっ、だっ……本当に死んでしま……ぎゃあああ‼」

触発されたように被害者の女たちが鞭を手に取り、次々にクランツを打擲し続けた。

「サラは打たなくていいのか？」

「はい……。私は打たれたことはありませんので……」

クランツはサラだけは鞭打ちも凌辱《りょうじょく》もしなかった。理由はサラがＶＩＰであるから。

ということだが、詳細はクランツにしか分からない。

「そうか……」

フラッドは頷《うなず》いて、女たちがクランツを打ち終えるのを待って口を開いた。

「皆、もう一度言うが、俺はフォーカス領領主、フラッド・ユーノ・フォーカス伯爵だ！

このクランツは俺の部下、当家の家令だった！　故に、今回の件は俺に責任がある！　皆、
どうか許してくれ！」

頭を下げるフラッド。

「そっ、そんな、頭を上げてくださいっ！」「領主様は悪くないです‼」「全部こいつが悪いんですよ‼」

サラを始めとした被害者の女たちは頭を上げてくれるように懇願する。

「……ありがとう。そう言ってもらえると俺も救われる。皆の今後のことについてだが、行き場がない者は全員我が屋敷、フォーカス邸で客人待遇で引き取る！　その傷を治せるように医者を呼び尽力する！　もし治癒できなかったとしても、嫁にも行けないと悲観することはない！　ここにいる皆はこの俺が生涯面倒を見るからだ‼　傷を理由に断るような小物の世話になるくらいなら、俺の下で生涯暮らせばいい‼」

「ご領主様……」「あっ……ああっ――」「なんて……」

フラッドの提案に被害者の女たちは涙を流した。

「さぁ行くぞ！　今後、お前たちにあるのは明るい未来のみだ‼」

「………………」

サラは夢でも見ているような心地で、解放されたことに歓喜する被害者の仲間たちとフラッドを見た。

なんて素晴らしく立派なお方なのだろう。暗愚、バカ領主だと聞いていたが、全て誤解だと分かった。

自分はこの方にお仕えしよう。いや、したいのだとサラは理解した。

吊《つ》り橋《ばし》効果なのか、どこか放っておけないように見えるフラッドに対する、カインへ向けられなかった母性なのかは判《わか》らないが、それでも、今初めて自分は望んで仕えたい相手に巡りあったのだ。と——

第八話「カイン」

「フラッド様、ロイヤルミルクティーでございます」

女中服に身を包んだサラがフラッドへティーカップを差し出す。

「ありがとう。ズズ……うん、甘くて美味《うま》い！」

「そりゃ、それだけ砂糖入れてれば甘さ以外感じられないでしょう」

フラッドが飲むミルクティーは特製で、ただの牛乳ではなく、砂糖を入れて甘く煮詰めた牛乳を用い、さらにそこへ砂糖をティーカップの半分くらい入れるというものであった。

「この脳が痺《しび》れるような甘さがいいんだ。紅茶もコーヒーもストレートは苦いから嫌いだ」

「子供舌なんですから……」

「苦いのが美味く思えて大人なら、俺は一生子供で構わんっ」

「ふふふっ」

フラッドとエトナのやり取りにサラが笑みを浮かべる。

「それにしてもいいのかサラ？　他の皆もそうだが、別に女中にならなくてもよかったんだぞ？」

「私も皆もフラッド様への恩返しがしたいのです。それに、なにもしないでいるのは手持ち無沙汰ですし、居心地が悪いのです」

　保護した女性たちは皆、女中として仕えることを望んだので、今ではフォーカス家の使用人として雇っていた。

「そういうものか？　俺なら遠慮なく食っちゃ寝するけどなっ」

「胸張って言うことじゃないですよ……」

「ふふっ。ですが、私こそよかったのですか？　エトナさんを差し置いて、女中長という大役を任されてしまって……」

　フラッドは女中長を始めとした、クランツと繋《つな》がりのあった使用人を全員解雇し、空いた女中長のポストに、経験も人望も能力もあるサラを抜擢《ばってき》していた。

「問題ない。サラは女中長に見合った実力も人望もあるからな」

「フラッド様……」

　フラッドの信任に、サラは胸が熱くなる思いだった。

「それに女中長の件でエトナに気を使う必要はない。女中服を着てはいるが、そもそもエトナは女中じゃないからな」

「えっ、そうだったのですか？」

驚きの視線を向けられたエトナが答える。

「はい。私の正式な役職は、フラッド様の専属従者になります」

「なるほど。理解しました」

「さてと……。支度をする前に打ち合わせをしたい。サラ、外してくれ」

「失礼いたします」

一礼しサラが出ていくと同時に、収監されているクランツの様子見に行ったディーが帰ってきた。

「どうだった？」

【変わりはない。痛みに悶《もだ》えて逃げるどころじゃないな。痛い、痛み止めをくれ。と叫んでばかりだ】

「そうか、なら安心だ」

クランツの裁判は来週の予定で、ゲラルトたちはフラッドに命じられ証拠集めを行っていた。

「そのあいだに俺たちはあのクソガキ……カインを引き取る――」

既に書簡のやり取りで、カインをフラッドの後継者として引き取ることをベルティエ侯爵は快諾しており、あとはベルティエ侯爵と面会してカインを連れてくるだけであった。

「サラさんに秘密にしておく理由は？」

「まだ連れ帰れると確定したワケじゃないからな。決裂した場合、ぬか喜びさせるのは忍びないし、そうなったときの俺とサラのいたたまれなさを思うと、胃が痛くなるからだ」

「相変わらずのプリンメンタルですね」

「とにかく、ディーは留守のあいだ頼む。不逞《ふてい》な輩《やから》が裏切る可能性があるからな」

【承ったぞ主《あるじ》よ。留守を任せられるとは、私も信頼されたものだな】

「当たり前だろう。お前は俺の使い魔なんだから（契約を履行している限り裏切られないし）――」

【主……（トゥンク）】

勘違いもあり、フラッドの小心がディーの忠誠を厚くさせたのだった。

「では行くとしよう」


――

――

カイン・ファーナー・ベルティエ――

カインは生まれてから今まで『いない存在』として扱われてきた。

母と引き離された後も、ずっと離れの屋根裏部屋に閉じ込められ、社交界はおろか人前に出ることすらも許されず、家族からも使用人からも、声をかけてもらうこともなければ、声をかけても無視されていた。

唯一の救いは本を読むことだけは許されており、本を通して様々な知識を得られたことだった。

そんなカインがベルティエ家で脚光を浴びたのは、フラッドが自身の後継者としてカインを指名したからである。

「まさかボクを指名なんて……」

カインは訝《いぶか》しんでいた。

自分を後継者にしたいなんておかしい。そもそもフラッドと自分には、面識どころか接点すらない。

もっと言えば、自分は社交界に出ることはおろか、情報のほとんどが外部に出ないよう父の手によって遮断されている。

そんな自分を「優秀と聞いたので、尊敬するベルティィエ侯爵と友好を深めるためにも、是非後継者として引き取りたい」なんて、うさんくさいにもほどがある。

おそらく自分が優秀だから。と、尊敬する侯爵。の部分は建前だろう。父、ひいてはベルティィエ侯爵家と友誼《ゆうぎ》を結びたく、自分はあくまでその駒なのだ。

きっとこの家と同じく、引き取られたところでなにもやらせてはもらえず、実権も与えられず、置物のように毎日を過ごすことになるのだろう。と、カインは思っていた。

「でも……もしボクが本当に領主になれたら……母さんを……見つけられるかな……？」

カインは行方も安否すらも分からない母のことを想《おも》ったのだった。

――――

――――

――――

馬車で揺られること数日・ベルティィエ侯爵邸――

「お初にお目にかかります。ベルティィエ侯爵。フラッド・ユーノ・フォーカスです」

フラッドが儀礼的に振る舞うと、出迎えたベルティエ侯爵夫妻が鷹揚《おうよう》に応える。

「フォーカス卿《きょう》、そうかしこまらずに」

「そうですわ。領を接する仲なのですから、私たちは言わば兄弟のようなものですわ」

「ありがとうございます」

ベルティエ侯爵は金髪の恰幅《かっぷく》があるブ男で、カインとは全く似ていない。

（こう比べてみると、あのクソガキ、ほぼサラの遺伝子しか受け継いでないな……）

「では中へ」

「失礼します」

屋敷《やしき》の中に通されたフラッドは、茶を出されると同時くらいに本題を切り出された。

「早速で悪いがフォーカス卿、後継者の件についてだが……」

「もてなす前に本題なんて下品な輩ですね……。ホントに貴族なんですか？」

「堪《こら》えろエトナっ」

フラッドに対して非礼な侯爵に苛立《いらだ》ちを覚え、ぼやくエトナをフラッドが小声でなだめる。

「はい。書簡でお送りしたとおりです。私は親族もおらず後継者が定まっていない状態。ですので、隣接領であり、尊敬する侯爵のお子、カイン殿を後継者として、フォーカス領へ引き取らせていただきたいのです」

「姓はベルティエのままでよいのだね？」

　ベルティエ姓のまま、ということは、フォーカス領を治める一族が、フォーカス家からベルティエ家に変わることを意味している。

「はい。養子にはいたしません。ですので、私が引退すれば、カイン殿はフォーカス領領主、カイン・ファーナー・ベルティエ伯爵となるのです」

「将来的にフォーカス領とこのベルティエ領が、併合されることになっても？」

「陛下がそうご判断なされるのなら、異存はございません」

「うむうむ……。素晴らしい……では今からカインを連れて来るが……あまり驚かないでいただきたい」

「驚く？」

「いや……うん、見れば分かってくださるだろう」

　程なくしてカインがやってきた。

「‼」

「っ……！」

　フラッドとエトナは思わず息を飲む。

特徴的な黒髪に、愁《うれ》いを帯びた大きな紫の瞳、病的なまでに色白で小柄な美少年。記憶よりもずっと顔は幼く、十三歳にも見えないほどの童顔なものの、まさしく、前世で二人を捕らえ処刑した反乱軍の指導者、カイン・ファーナー・ベルティエその人であった。

（……っ‼　こいつのせいでっ……エトナと俺はっ……‼）

カインに対する恨みつらみが蘇《よみがえ》るものの、フラッドとはぐっと堪えて微笑を浮かべた。

「……初めましてカイン殿。フラッド・ユーノ・フォーカス伯爵だ」

「…………」

対するカインもフラッドの顔から目が離せなかった。

美しい金髪碧眼《へきがん》に整った容姿は同性の自分でも息を飲むほどの、本の中でしか見たことのないほどに美しい容姿だ。と、見惚《みと》れていたのだ。

「……カイン殿？」

「はっ、しっ失礼しました。初めまして、カイン・ファーナー・ベルティエです」

握手を終えると、フラッドが侯爵を見て微笑を浮かべた。

「なるほど、侯爵のご憂慮、理解いたしました」

「……ではどうなされる？　信じてくれとしか言えんが、しかと私の血を引いている」

侯爵はソファーから身を乗り出すようにフラッドを見た。

「存じております。当初のお話どおり、カイン殿を後継者に引き取らせていただきたく思います」

ホッと、ベルティエ侯爵が安堵《あんど》の息を吐く。

カインが妾《めかけ》の子であり、自身の要素をほとんど持っていない、血が繋《つな》がっていないのではないか？　それを問題にこの話を無かったことに……。という事態を侯爵は最も恐れていたのだ。

さらに言えば、侯爵はいくら冷遇してもカインは自分の言うことは絶対服従する存在で、フォーカス領領主となったのなら、自身の嫡男の子や次男をカインにとって代わらせられる。と、思っていた。

「礼を言うフォーカス卿。卿の誠実な態度で、ベルティエ領とフォーカス領は力強く結ばれた同盟関係となるだろう」

「ありがとうございます。では、このままカイン殿を連れ帰っても？」

カインは黙って二人の会話を聞いている。

「もちろんだ。だがこちらは歓待の準備をしているが、逗留《とうりゅう》されないので？」

「侯爵のご厚意に与《あずか》りたいのは山々なのですが、先の家令の件といい、我が領は情勢が不安定なので、あまり長い間空けておきたくないのです」

未来の自領であるフォーカス領になにかあれば大変だ。と、侯爵は即座に頷《うなず》いた。

「そのとおりですな。お引き止めするわけにもまいりますまい。道中、我が領の兵士を警護につけさせよう」

「ありがとうございます」

そうしてフラッドはカインを連れて帰途に就いた――


「外が珍しいのか？」

馬車に乗ってからずっと窓に張り付くように風景を見ているカインに、フラッドはそう問いかけた。

「……っ！　しっ、失礼しましたっ」

慌てて座り直すカインを、フラッドは片手を小さく上げて制す。

「構わん。責めているワケじゃない」

前世の憎悪《ぞうお》に染まったカインを知っているだけに、今の大人しすぎるカインに、フラッドはなんとも言えないやりにくさを感じており、カインもカインで緊張していたため、互いに探り探りのような状態だった。

「で？　珍しいのか？」

「はっ、はい……。屋敷では部屋から出されることはほとんどなかったので……。外に出るのも初めてなのです」

屋敷で会ったときは死んだ目をしていたカインだが、外や、見知らぬものを見るその目は生き生きとしていた。

「そうか……。ところでカイン、甘いものは好きか？」

前世で会ったときは、復讐鬼《ふくしゅうき》と仇《かたき》という相容《あいい》れない間柄であり、歳《とし》も十八と十五という互いに外見的には大きく成長したものであったが、まだ十三であり、さらにはサラ譲りの童顔であるカインは、相応以上の幼さが残っていた。

「はっ、はい……。多分？」

「多分？」

「本で読んだことはあるのですが……実際に食べたことはないので……」

大の甘党であり、前世でつらかった記憶トップテンに「逃亡中、甘いものが食べられなかったこと」が入るフラッドは、表に出さないまでも内心驚愕《きょうがく》していた。

「…………普段はなにを食べていたんだ？」

「パンと干し肉と、クズ野菜のスープがほとんどでした……」

「…………エトナ、キャラメルが残っていたよな？」

「はい」

エトナから受け取った包みに入ったキャラメルを、カインへ差し出すフラッド。

「えっ」

「命令だ。このキャラメルを食べろ」

命令なのは、カインが遠慮しないように。という、フラッドの下心ない純粋な優しさだった。

「はっ、はいっ」

カインは手早く包みを開けてキャラメルを口にいれた。

「わぁ……！　美味《おい》しいです……っ！」

パァッと目を輝かせるカインの顔には、かつての復讐鬼の面影はなかった。

フラッドは目頭をつまみながら上を向く。

「そうか……沢山あるからな。好きなだけ食べるといい。エトナ」

「はい」

エトナはキャラメルを箱ごとカインに差し出した。

「えっ、よっ、よろしいんですか？　フラッド様の持ち物を……」

「ただの常備品だ。そろそろ新しいものに替えようと思っていたし、キャラメルも、それを作った者も、廃棄されるくらいなら、食べられたほうがマシだろう」

「はっ、はいっ！　ではいただきます……っ！　甘い……。これが……キャラメル……」

キャラメルに夢中になるカインに気付かれないよう、エトナがフラッドへ耳打ちする。

「よろしいんですか？　フラッド様のおやつを……」

最初はカインのことを警戒し疑っていたフラッドであったが、カインの可愛《かわい》らしい容姿や返答の素直さに、すっかり疑心や毒気が抜かれてしまっていた。

「ああ。かわいそう過ぎて復讐する気も失《う》せたよ……。それでも引退する俺のために、領主になってもらうがな……」

「甘ちゃんなんですから……」

そう呟《つぶや》くエトナだったが、表情は穏やかだった。

フォーカス邸――

帰宅したフラッドはエトナを先行させ、カインを連れて自身の執務室へ入った。

「カイン、皆へのお披露目は後にするとして、今は最優先でやるべきことがある」

「そっ、それはなんでしょうか？」

「その前に一つ聞いておきたい。お前は、俺の後継者になる覚悟ができているか？」

フラッドは、もしここでカインが否《いな》と言っても、それはそれで仕方ないと思うくらい、カインの身の上に同情していた。

「えっ……？」

カインはカインで、自身が名目上ではなく、本当に後継者に指名されるとは思ってもみなかったので驚きの声を上げた。

「どうだ？　素直に答えてほしい。俺はベルティエ侯爵のご機嫌をとるために、お前を引き取ったんじゃない（もっとヤバいお前の復讐の芽を摘み取ったんだ）」

「でっ、ですが、ならボクのことをどうやって存じ上げられたので？　父が緘口令《かんこうれい》を敷いていたのに……」

「その説明はしない（そもそも説明できないし）。だが、蛇の道は蛇だ。と言っておこう。とにかく、俺はお前が優秀だと知っていて、お前を俺の後継者にするため引き取った。決して予備でも保険でもない。ド本命だ。理解したか？」

「…………」

カインは感動に魂が震えた。まさか自分がここまで評価されているとは思わなかったのだ。

「どうだ？」

「はっ……はっ！　フラッド様が望まれる未来に全力を尽くします‼」

跪《ひざまず》いたカインを見て、フラッドは満足気に頷いた。

「……素晴らしい返事を嬉《うれ》しく思う、カイン。これからよろしく頼む」

「はっ‼　身命を賭《と》してお仕えいたします‼」

コンコンコンコン——

「フラッド様、エトナです。お連れしました」

「うん、ちょうどいいな。少し待ってくれ。カイン立て」

「はっ！」

フラッドはカインを立たせると、両肩に両手を当てて、自分へ向くカインを入り口に向けて反転させた。

「ふ、フラッド様？」

「カイン、シャンとしろ。胸を張って背筋を伸ばせ。お前が立派に成長したところを見せるんだ」

「は、はい？」

カインは不思議そうにしながらも、言われたとおり背筋を伸ばして入り口を向いた。

「よし、入れ」

「失礼します」

そう言って入室してきたのはエトナとサラだった。エトナは入室すると静かにドアを閉める。

「「えっ？」」

サラとカインが同時に声を上げ、互いを見て動きを止めた。

「かっ、カイン……？」

「かっ、母さん……？」

サラは八年ぶりに会う息子に一目で気付き、カインも五歳のときに離れて以来の母に一目で気付いた。

「サラ、カイン、案ずるな。ワケあって俺は全てを知っているが、侯爵の味方というワケではない。むしろ逆だ。ここなら侯爵の目は届かない。今はただ、二人を別《わか》っていた時間を埋めあうといい」

「母さん……母さん――っ！」

「カイン……カイン――っ！」

二人は信じられないものを見るようによろよろと互いに近づき、抱きしめあった。

「母さん、母さん……！　会いたかった……！　ずっと……ずっと……！」

「カイン……！　私のカイン……‼　こんなに大きくなって……‼」

強く抱きしめあい、涙を流す二人。

「これで、この二人は俺を裏切ることはないだろう。まったく、利用されているとも知らないで、バカなやつらだ──」

「お目目ウルウルにさせてなに強がってんですか。悪役なんて似合ってないですよ」

今にも涙を流しそうなほど目を潤ませているフラッドにエトナがツッコむ。

「ぐす……っ！　仇《かたき》でも敵でも、親子の愛とはなんでこんなに心を打つんだろうな……っ」

「……そうですね」

そうして再会を果たしたサラとカインは、フラッドへの報恩のために、その身を尽くすのであった。


フォーカス領・凶悪犯罪者用監獄・地下牢《ちかろう》──

「痛い……痛い……‼　許さん……許さんぞフラッド・ユーノ・フォーカスぅぅっ……‼」

収監されたクランツは、鞭打《むちう》ちの傷に悶《もだ》えながらフラッドへの怨嗟《えんさ》の声を吐いていた。

「まだ生きていたか……」

そこへ全身を黒のローブで覆った、男とも女とも判《わか》らない人物が現れた。

「おおっ……‼　待っていましたぞ……‼」

クランツは謎の人物を見ると、光明が差したように目を輝かせ、這《は》いずって鉄格子《てつごうし》を握った。

「言われたとおりサラ・ファーナーをかんき……」

「黙れ――」

謎の人物はクランツを威圧だけで黙らせる。その際にその首に装着されていた、自らの尾を食らう蛇、ウロボロスのペンダントが光った。

「役立たずの駒に用はない。余計なことを喋《しゃべ》る前に消えてもらう」

「そんっ――」

言い終える前に、クランツの首が鋭利な刃物で斬り飛ばされたかのように胴体から離れた。

「計画は修正だな――」

そう言って謎の人物は、クランツを一瞥《いちべつ》することもなく、魔力に全身を包まれ霧のように消え去った――

クランツが暗殺された。その大事件はフォーカス邸を大いに騒がせた――

「手がかりがほとんど残っておりませんので……」

ゲラルトが悔しそうにフラッドへ報告する。

「こんなことは言いたくないが、怨恨《えんこん》の可能性、被害者の女たちの誰か、ということは？」

「ないと思います。女がやるにしては、首の切断面が綺麗すぎます。あれは、熟練の処刑人か、相当の腕利《うでき》きでなければ無理でしょう……。しかも、あれほど厳重に警備されていた牢だというのに、目撃情報もない……」

「八方塞がり……か。とにかく、今後もこの調査を続けてくれ。クランツ邸でディーが聞いたという『あの方』とやらも気になる」

「はっ!!」

だがどれだけ人員を増やして捜査しても、犯人は見つからず、クランツ殺害事件は迷宮入りとなる。

第九話　「飢饉《ききん》対策」

クランツ殺害という大事件はあったものの、それ以外ではフラッドの思惑どおりにことが運んでいた。

カインのお披露目も無事済み、後継者届けも受理され、国王の名の下にカインは正式なフォーカス領領主の後継者となった。

ゲラルトを始めとしたフォーカス領家臣たちは、純粋で素直で可愛いカインに好意的で、さらにその不幸な境遇もあいまって、カインは皆から愛される存在となっていた。

フラッドも最初の内はカインを甘やかしていたが、エトナに注意されてからは後継者としてちゃんと成長するように。と、領主の仕事を覚えさせることにしたが、カインは天才的な頭脳で一度説明しただけでそのほとんどを覚え、一月《ひとつき》も経《た》つころにはフラッドよりも数倍は仕事ができるようになり、フラッドの主な仕事は、カインが仕上げた書類に判子を押すだけになっていた。

「はっはっはっ！　全ては計画どおり！　これでフォーカス領は俺がいなくても大丈夫だ

な！」

「強がる前に涙拭いてくださいよ……」

「べっ、別に、俺がいなくてもカインがいれば誰も悲しまないんだな……。とか思ってないからなっ！　最初から分かってたし！」

フラッドは自分を慕うカインを可愛《かわい》く思うと同時に、カインが有能すぎて「俺いらなくね？　というか周りもそう思ってね？」という事実を理解し、悲しくなって拗《す》ねていた。

「はいはい……。私はフラッド様がいないと悲しいですよ」

エトナに涙を拭われながら、フラッドが強気な表情を見せる。

「だが、これで俺も領主を辞めることができる！」

「そうですね。二年後には、ですけど」

「えっ？」

フラッドは至極間抜けな顔でエトナを見た。

「ニネン？　ナンデ？」

「王国法では当主が急死、もしくは不治の病に罹《かか》らない限り、後継者届けが受理されてから、最低二年間は引退できません」

エトナは今世で、改めて領主関連の法を調べなおしていた。

「聞いていないぞっ⁉」

「言ってませんから」

「どうして⁉」

「いや、普通に知っていると思ってたんで……。え？　なんで知らないんですか？」

「俺がいちいち法律なんて調べるような人間に見えるか⁉」

「思いませんけど、自分の命がかかってるなら、調べるくらいはするだろう。とは……」

「俺はそこまで頭が回らん！」

　エトナはめんどくさいからスルーすることにした。

「……とにかく、今から二年は引退できませんから」

「それじゃ飢饉来ちゃうじゃん⁉」

「はい」

「はいじゃないがっ⁉」

「いちいち大声出さないでください。ほら、揚げジャガイモです。揚げたてですよ」

　ジャガイモを食べやすい大きさに切って水気を切り、油で揚げ、塩胡椒《こしょう》で味付けされた揚げジャガイモの載った皿をエトナが差し出した。

「おおっ！　うんっ美味《うま》い！　今まで考案された百以上の調理法の中でも、トップスリーに入る！」

サクサク音を立てながら、フラッドは揚げジャガイモを食べる。

「落ち着きました？」

「うん」

素直に頷《うなず》くフラッド。

「とりあえず、飢饉対策しないとまずいな……」

「ですね」

「エトナ、なにか良案はあるか？　というか時間ないし……」

飢饉はすでに一年後に迫っていた。

「正直、食料を備蓄することくらいしか思いつきません」

飢饉に関しても、エトナはなにか打てる手はないか？　と、調べていたが、解決策は見当たらなかったので、根本的な対策を考えることは時間の無駄だ。と、割り切っていた。

「俺も同じ意見だ……。そもそも簡単に対策できたら、誰も飢饉で困らないしな……」

前世では麦病という麦だけが罹る特殊な植物病により、王国内の食料自給率の大半を占めていた麦系の植物が大打撃を受け、数百万人にも及ぶ餓死者を出す大惨事となったのだ。

「とりあえずカインに相談だ！」

カインの執務室――

カインが（本来ならフラッドがやるはずの分も含めた）書類仕事をしていると、執務室のドアがノックもなしに勢いよく開かれた。

「カイン！　いるか!!」

「フラッド様！　いかがしましたっ!?」

入ってきたフラッドを見ると、カインは即座に作業をやめ、嬉《うれ》しそうに満面の笑みを浮かべた。

カインは自身が仕事を覚えてから、フラッドと接する機会が減って寂しくなっていたのだ。

「!!　なんて可愛い奴《やつ》なんだ……っ！　よーしよしよし!!」

「あっ……ありがとうございます……っ！」

フラッドがカインの頭とアゴを撫《な》でると、カインはくすぐったそうに微笑《ほほえ》んだ。

「フラッド様、本題を忘れてません……？」

エトナの言葉に、フラッドはカインに会いに来た目的を思い出した。

「はっ！　そうだカイン！　実は折り入って話がある！」

「はいっ！　なんでしょう！」

「我がフォーカス領の食料備蓄率を増やしたいと思う！　できれば今の数倍にしたい！」

「なっ、なるほど！」

「できるかっ⁉」

「無理ですっ‼」

「判断が早いっ‼」

　カインは処世術もマスターし、必要とあればおためごかしも阿諛《あゆ》も追従も媚《こ》びも諂《へつら》いもするが、自身が尊敬し、絶対の忠誠を誓っているフラッドに対してだけは、その顔色を見て事実を曲げるようなことは言えない、真っすぐな少年に育っていた。

「何故《なぜ》だっ⁉」

「戦争をしているような有事なら、他の予算を削って無理をしてでも可能ですが、現在のフォーカス領は、王国内での標準的な備蓄率は満たしておりますので、これ以上の備蓄に割く予算がないのです……」

「むむっ……！　そう言うと思ってこれを用意した！　見ろ！　ここにある全ての部署を解体し、全ての人員を俺の名の下に解雇するのだ‼」

　そこにはゲラルトに集めさせた、クランツと共に利権を貪っていた領内政治機構の部署や人物が記されたリストがあり、さらにそこへフラッドが自身の前世の記憶（自分を裏切った人間は全員覚えている）を加味し、エトナがさらに添削した解体・解雇リストがあった。

「こっ、これは……」

「どうだ？　これでかなり予算は浮くだろう？」

「確かに、これなら大幅に予算が浮きます……。フラッド様がおっしゃられる食料の備蓄も問題ないかと……」

そもそもなんで急に備蓄なんて急ぐのだろう？　と思うカインであったが、フラッド様のことだ。きっと自分には及ばないほどの深いお考えあってのことだろう。と、信頼しきっていた。

「だろう？　今すぐに執行だ！」

「はっ、はいっ！」

汚職部署——

「おっ、横暴だ！　どうして我々が解雇されなければならないのだ⁉」「そうだ！　このフォーカス領に長年尽くしてきた我々になんて仕打ちだ‼」「ストライキだ‼　絶対に認めんぞ‼」

抗議する汚職役人たちに、ゲラルトは無言のまま剣を抜き、机に突き刺した。

「「「ひっ⁉」」」

「フラッド様からは、抵抗するなら汚職罪で逮捕せよ。という命を受けている。連行されるか、素直に職を辞すか、選べ――」


そうして大量解雇が行われ、フォーカス領では無駄な予算の大幅削減がされたうえに、汚職に塗《まみ》れた人事の刷新もされたのだった――


フラッドの執務室――

「進捗のご報告です」

「ご苦労カイン。順調か？」

パチ、パチ、と、サラに爪を切らせていたフラッドがカインに向く。

「はい。フラッド様のご断行のおかげで、フォーカス領の予算は大幅な余裕ができました。これでフラッド様がおっしゃられた、食料の備蓄も可能となりました。ですが……」

「なんだ？　遠慮はいらん、思うことがあれば言ってくれ」

「フラッド様、次は左手を」

「ああ」

サラへ左手を出すフラッド。

「食料の備蓄だけに回すには、多過ぎる予算なのです……」

「なるほど（余った予算も備蓄に回せとは言いにくい空気だ）……。目的の備蓄率を達成できるなら、残りは民にでもくれてやれ（金を与えたら反乱も起きにくくなる……よな……？）」

フラッドは適当に金をばら撒《ま》け。という実に安直な意味で言ったのだが、カインはそう解釈しなかった。

「‼　つまり！　余剰金を用いて、公共事業を推進して領内を発展させよ。とうことですね⁉」

フラッド様のことだ。最初からこのことを見越しておられたのだろう。汚職部署解体・役人の大量解雇も全てはこのためだと。風通しをよくしてから、領内の政治を一変させる。それこそがフラッド様の本当の狙いであったのだ。と、カインは受け止めていた。

「えっ（急に難しい話されても困るんだが）？　そ、そのとおりだ！」

よく分からないが空気を読んだフラッドは鷹揚《おうよう》に頷く。

「カイン、俺の真意に気付いたからには、俺がなにをしたいか、理解できているな？」

「はっ！　大筋は……！」

「（マジか……俺なんにも考えてないのに……）ならその役目、お前に任せる。いいな？」

「ぼっ、ボクが……ですか……？」

まさか自分が指名されるとは思っていなかったカインが動揺する。

「ああ、お前以上の適任はいないだろう。頼んだぞ、カイン」

爪切りが終わり、次は爪を磨かれながらフラッドが微笑んだ。

「あっ、ありがとうございますっ！」

カインは感動していた。

実の家族（サラ以外）にすら冷たく疎《うと》まれていたのに、よそ者であり、血すら繋《つな》がっていないフラッドが自分をここまで信頼し、領内の政治を任せてくれるなんて、どれほど自分は果報者なのだろうかと。

「フラッド様のご期待に応えられるよう、励むのですよカイン」

磨いたフラッドの爪の粉をふーと吹きつつ、サラがカインへ微笑んだ。

「はいっ！」

改革中――

「商人ギルドや農民は領で保護します！　新規の鉱山は発見できませんか？」

「カイン、鉱山ならディーが見つけたぞ。あと、あのハルハ川、治水しておかないと危ないぞ」

「ありがとうございます！　貿易・交易はクランツに冷遇されていた商人たちの中で、大きなパイプを持つ者がいるので、その者たちに主導させましょう！　殖産興業を始める者には補助金を出します！」

カインは旧来的な重農主義であったフォーカス領を、重商主義へ舵《かじ》を切らせる大改革を行い見事に成功させた。

帝国領とも隣接するフォーカス領で貿易・交易を促進し、殖産興業を勧め、商人の権利を認めると同時に農民の保護も行い、農地開発を並行させ、また、フラッドもエトナ協力の下、前世の知識を生かして治水等《など》の助言で貢献し、さらにはディーの魔獣ネットワーク情報により新鉱山も発見し、半年も経《た》つ頃にはフォーカス領は空前の好景気を迎えていた。

第十話　「ジャガイモ改革」

カインの経済対策が大成功し、大飢饉《だいききん》が半年後に迫ったころ。

「確かに食料の備蓄はできた……。経済的にも余裕はある……。だが不安だ……っ！」

フラッドは自室で、エトナに耳かきされながら不安がっていた。

もし飢饉が前世どおり到来したとしても、経済的にも食料の備蓄量的にも問題ないのだが、それでも、運命の日へ近づくごとに、フラッドの不安は募っていた。

「対症療法しかできてませんからね。あと、あまり動かないでください。鼓膜やられますよ」

「なにかこう……もっと根本的な対策はないものか……」

エトナの柔らかい太ももに頭を乗せながらフラッドが唸《うな》る。

「あの麦病自体をどうにかしたいと？」

「それができたら苦労しないんだが……」

「無理じゃないですか？　前世だと、王国最高峰の植物学者たちが研究しても、原因が判《わか》らなかったみたいですし、ましてや素人《しろうと》の私たちが、解決できるわけありませんよ」

「マジか……今更だが、予防とかできないのか？」

「無理でしょうね。なにせ、過去に類を見ない新型の植物病だったそうで……。ふーっ。次は左耳を向けてください」

エトナがフラッドの耳に息を吹き、フラッドはごそごそと向きを変えた。

「新型の植物病？」

「はい。しかも、何故か麦病が流行したのはこのドラクマ王国だけで、帝国や他の隣国は大丈夫だったので、人為的に造られた病原菌説もでたくらいです」

「なるほど……。事実はどうあれ、打つ手なしだったわけか」

「はい。麦病自体はどうしようもありません」

「よく分かったが……なら麦病以外で打つ手があれば……。何かないものか……。むむむ……」

「浮かぶといいですねー」

悩むフラッドとは対照的に、リアリストであるエトナは、飢饉対策は食料備蓄以外に方法はない。と、割り切っており、その点においては淡白だった。

その後もフラッドはアホな頭を振り絞って対策を考えるも、バカの考え休むに似たりなので、良案が浮かぶわけもなく、そのまま夕食を摂《と》ることにした。

「今日は潰したジャガイモに、ひき肉と香辛料を入れ、混ぜたものを揚げてみました。名付けて、潰し揚げジャガイモでございます」

料理長はここ一年でジャガイモに対する忌避感がなくなり、むしろ新しくジャガイモ料理を考えることが楽しみになっていた。

最初はジャガイモを喜んで食べるフラッドにドン引きしていた使用人たちも、その美味《おい》しさに気付いた今では、喜んでジャガイモを食べるようになっており、それはカインやゲラルトも同じであった。

「美味《うま》いっ！　素晴らしい腕前だ料理長！」

「ありがとうございます！」

下がっていく料理長。フラッドは料理に舌鼓《したつづみ》を打ちつつも、飢饉のことが頭から離れなかった。

「美味い……流石《さすが》はジャガイモだ。無限のポテンシャルがあるな……。逃亡のときお前に命を助けてもらった恩は忘れてはいないぞ……」

このときフラッドは「あれっ？」と思った。

「……。そういえば……ジャガイモは麦病に罹《かか》ってなかったよな……？　あれ？？　エトナッ⁉」

フラッドは後ろに控えていたエトナを見た。エトナも以心伝心といったように頷《うなず》く。

「はいフラッド様。私も今気付きました。天啓でございますね」

エトナはパッと見、いつものように平然としているが「言われてみれば確かに……！」と、本気で驚いていた。

「カインとゲラルトは今どこだっ⁉」

「完成した鉱山の視察に行っています。そろそろ帰ってくるはずですが」

「早馬を飛ばし、急いで帰還するように伝えてくれ！」

「かしこまりました」

フラッドは急いで食事を終えると執務室へ行き、領内の食料生産量の資料に目を通していると、ほどなくして慌てた様子でカインとゲラルトが執務室へやってきた。

「フラッド様、どうされました？」

「火急の件とのことですが」

「ああ、二人に頼みたいことがある。それはこれだ！」

ジャガイモを取り出したフラッドに、二人は真意を測りかねる。と、いったような表情を浮かべる。

「ジャガイモ……ですか？」

「ジャガイモ……ですな」

「そうだジャガイモだ！　俺はこのフォーカス領で、明日にでもジャガイモ食及びジャガイモ栽培推奨令を出したい！　だから二人の意見を聞かせてもらいたいと思ってな‼」

二人はますます困惑した表情になる。

フラッドがまたバカなことを言い出した。というものではなく、フラッドのことだからきっと重要なことなのだろうが、まったく意味が分からないという困惑だ。

「それはまた突然ですな……」

「……フラッド様、食料備蓄といい、今回の件といい、なにを危惧しておられるのですか？」

「うむ、単刀直入に言おう。二人も薄々勘づいてはいるだろうが、飢饉だ」

フラッドの言葉に二人はやはりと頷く。

「ですがフラッド様、飢饉の対策なら、わざわざジャガイモでなくてもよろしいのでは？」

ゲラルトの言葉にカインも無言で同意する。

ジャガイモとは、土地が余った農家が小遣い稼ぎで飼料用に栽培（適当に植えてほったらかし）している程度で、その価格も麦類の数分の一から数十分の一である。

　そんなものを手をかけて育てるくらいなら、栽培ノウハウが確立されているうえに、同じ土地を使いながら、ジャガイモより収益を上げられる作物を増やしたほうがいいからだ。

「確かにゲラルトの意見ももっともだが、一度広い視点でものを見てほしい。今の王国の食料事情は、ほぼ麦によって支えられている。そうだな？」

「「はい」」

　二人が頷く。

「それはとても危険なことだ。例えばだが、もし麦類だけが罹る植物病が発生した場合、どうなる？」

「大変なことになりますね……」

「一つのものに依存しすぎることは、多大な危険性を含む。リスクは常に分散させないとな」

「しかし……そのような都合のいい植物病が蔓延《まんえん》するのでしょうか？」

　二人はまだ懐疑的だ。そもそもそんなことを言いだしたら、外に出れば馬車に轢《ひ》かれて死ぬかもしれない、花瓶が頭に落ちて死ぬかもしれない、というようにキリがなくなる。

　未来を知ってるフラッドはそうでも、二人からしてみれば杞憂《きゆう》にしか思えなかった。

「確かにゲラルトが指摘するとおりだが、蔓延してからでは手遅れになる。保険は常にかけておかなければならない。だからこそのジャガイモだ。高い生産性と生命力、そして味。どれをとっても麦に後れを取るものではない。麦がダメならジャガイモがあり、ジャガイモがダメなら麦がある。そういう状態になることが理想だ」

「なるほど……とはいえ、領民にジャガイモを食べろ。などと、下手をすれば暴動が起きかねませんぞ……」

「！　いえ、それは違いますゲラルト殿！」

そういうことだったのか！　というようにカインがカッと目を見開いた。

「？　どういうことです？」

「フラッド様はこのために……一年近く前から、毎日ジャガイモを食されてきたのです……！」

「！　そういうことか！」

ゲラルトも驚愕《きょうがく》したように目を見開く。

フラッドはよく分かっていないが、したり顔で頷く。

「……分かってくれたようだな（え……？　どういうこと？）」

「今やフォーカス領民の中で、フラッド様がジャガイモを好んで食すことを知らない者はいないと言えるでしょう。全てはこのときのためだったのですね……！」

「上から命令するのではなく、一年もかけて、自ら率先して民に示されておられたとは！」

「ああ、そうだ（えっ？　好きだから食べてただけだけど……）」

「そのために、料理長に色々なジャガイモ料理を開発させていたのですね!?　庶民にも貴族にも合う、調理法を模索するために！」

盛り上がる二人に、当のフラッドだけ心の中で「？」を浮かべていたが、カインの言葉でやっと理解した。

「そのとおりだ（違うけど便乗しとけ）！　ジャガイモ食推奨令を出すときには、この数百にも及ぶジャガイモ料理のレシピを、貴族平民かかわらず無料で公開する!!」

「「卓見でございます!!」」

頭を下げる二人。そこからはフラッドの、ジャガイモ食及びジャガイモ栽培推奨令を公布する方向で話が進められた。

「では当面のあいだ、ジャガイモを栽培する者は、その規模に応じて税を部分的に免除、さらにジャガイモ自体は非課税。ということにしましょう」

「ジャガイモ食に関しては、下手に命令するよりも、徐々に浸透するのを待つしかないでしょう。ですが、この屋敷《やしき》に勤める者たちから、少しずつ領民へとジャガイモ食が広がっているようですし、今回の推奨令とレシピの公開は、ジャガイモ食が大衆に広がるいいきっかけになるかと」

フラッドは二人の意見に頷く。

「二人の言うとおりにしよう。次にもう一つ行いたいことがある。ジャガイモ倍買令だ」

「それはどのようなもので？」

「うむ、これは半年後を目安に、領内産のジャガイモなら相場の五倍、領外のジャガイモなら、相場の三倍の値段でフォーカス領が買い取る。というものだ。それと、その中でも特に品質のいいジャガイモを作った者には、別途報奨金を出そうと思う」

「そっ、それは流石にっ」

カインが待ったをかける。

「流石にそれでは、いくら相対的に相場が下がったとしても、発令後王国中のジャガイモが一気に売られて、フォーカス領は破産してしまいますっ」

「カイン、その憂慮はもっともだが、ここは俺を信じてくれ。この倍買令が失政だった場合、俺は全責任を引き受け、領主と地位を返上し平民となる（どっちに転んでも俺に損ないしな）」

記憶どおりなら、半年後には大飢饉《だいききん》が発生するため、そのときは誰もジャガイモを売らなくなる。という確信がフラッドにはあったし、そうならずとも、平民となるのは願ったり叶《かな》ったりだった。

「フラッド様……」

「そっ、そこまでのお覚悟が……」

「後はこの旨《むね》を陛下にも上奏する（後で『お前飢饉起きること予測してたろっ！』って罰されたくないし）」

「上奏文はボクが認《したた》めます」

「頼むぞカイン」

二人はフラッドの壮絶な覚悟を受け、自分たちもフラッドと進退を共にする覚悟で『ジャガイモ食及びジャガイモ栽培推奨令』『ジャガイモ倍買令』の細部を詰め、発令・公布した――

フォーカス領民たち――

「あの領主がバカなこと言い出したな。俺たちに豚のエサを食えだって？　舐《な》めてんのか？」

「でも領主様は、一年前くらいから毎日、ジャガイモ食べてるって話じゃねぇか」

「たしかにな……ジャガイモって美味《うま》いのか……？」

「冗談だろ？　美味くてもあんなのは、豚かスラム民しか食わねえよ」

嘲笑する平民たちだったが、一人の男が異を唱えた。

「ちょっと待ってくれ。俺たちはバカだバカだと言ってきたが、領主様は本当にバカなのか？」

「どういうことだよ」

「よく考えてみてくれ。確かに領主になるまでは、バカでワガママなクソガキだったのは確かだ。けど、ホントに今もバカのままなら、命の危険と引き換えに単独で魔獣も倒さないし、クランツの罪も暴けないいし、カイン様を引き取って後継者にしないだろう？」

その場にいた一同は男の言葉に一理ある。と、思っていた。

「そりゃそうだが……」

「今こうやって俺たちが景気よく暮らしていけるのは、カイン様のおかげか？　それともフラッド様のおかげか？」

「「「確かに……」」」

「そんなフラッド様が言うなら、ジャガイモだって一度は食べてみりゃいい。不味《まず》かったらやめればいいだけの話だ。それに、ジャガイモ栽培も免税と非課税ってことは、育てれば育てた分だけ金になるってことだ。これは俺たちにとっちゃ得にしかならない話だろ？」

「「「だな……」」」

一同納得する。

（ほう……主《あるじ》も随分と評価されるようになったものだな……）

猫に変身して平民たちのやり取りを見聞きしていたディーが満足げに呟《つぶや》く。

このようなフラッド有能派と、フラッド無能派の似たようなやり取りがフォーカス領各地で行われ、そうしてフォーカス領内では、フラッドが公開した百以上のレシピもあいまって、爆発的にジャガイモ食とジャガイモ栽培が普及していった。

ドラクマ王国・王宮――

そこでは国王・王女臨席のもと、宰相や各大臣たちが集まり評議が行われていた。

「以上がフォーカス領領主、フォーカス伯爵からの上奏となります。貴族が率先してジャガイモを食すことにより、平民たちにもジャガイモ食が広まり、需要が増え、ジャガイモ栽培が広まれば、麦に大きく依存する王国の食料事情が変わり、ひいては飢饉対策にもなる。と――」

　フラッドの上奏文を宰相が要約する。

　上奏文は格式ばった書体と文言が使われるため、回りくどく要点が理解しにくいことと、国王が内容を理解しきれていなかった場合や、読み上げている途中で上奏内容を忘れてしまった場合、恥をかかせてしまうため、こうして読み終えた後、読み上げた者が上奏内容を要約して説明することが慣例となっている。

「ふむ……皆はどう思う？」

　国王が大臣たちに問いかける。これも慣例であり、先に国王が発言すれば臣下もそれに倣《なら》うため、国王の決断は必ず臣下たちの問答の最後に下されるのだ。

「論外ですな。そもそも『麦だけが罹《かか》る植物病』など、聞いたことがございませんし、過去にそのような例もございません。このようなことを気にしだしたら、ブドウだけが罹る植物病が発生した場合に備えて、ワイン以外の酒も同様に飲まねばならない。と、際限がございません」

　一人の大臣の発言に、他大臣もフラッドへの批判の声を上げる。

「まったくですな。これは杞憂というものでございましょう。そもそも我々に豚のエサを食せよ。とはバカにしています。上奏文に直接は記されておりませんでしたが、これは遠回しに陛下にも食すべし、と言っているようなもので、甚だ不敬ですぞ」

「捨て置けぬのは、フォーカス領は半年ほど前から戦でも控えているかのような、大量の食料備蓄もしていることです。もしや、フォーカス伯爵は翻意があるのでは？　だとすれば、陛下への不敬にもとれる上奏文にも納得がいきます」

「倍買令とかで、今や王国内で過去に例がないほどジャガイモ栽培が盛んになっております。フォーカス伯爵はジャガイモ市場の独占を狙っているのでは？　己が私腹を肥やすため、陛下をも利用しようとは不届き千万ですぞ」

そうだそうだと他大臣も続ける。

フォーカス領はどの政治派閥にも所属していないため、大臣たちはフラッドを罷免《ひめん》し、自分たちの息のかかった貴族を後釜に据えたいのだ。

「私《わたくし》はそうは思いません」

評議に参加していた絶世の美女、王国内外でも才媛・聖女として名高い王女、フロレンシアが口を開いた。

「もしフォーカス伯爵に翻意があるのなら、このような上奏文を送ることはしないでしょう。市場の独占も、憶測でしかありません」

「では殿下は、このジャガイモ食に賛成なされると？」

フロレンシアは首を横に振った。

「確かに、多少行き過ぎた不安ではありますが、それも王国を思ってのこと。と、受け取れます。疑わしきを罰してはなりません」

「では？　この上奏を受けいれると？」

「いえ、様子を見る。というのが私の判断です」

フラッドの真意が分からない内は否定も肯定もできないため、フロレンシアは保留という回答を提示する。

「皆の意見は分かった。フォーカス伯爵の上奏は保留とする」

「「「御意」」」

国王の判断により、フラッドが提案した救国の上奏は保留（却下）されたのであった
——

第十一話「飢饉到来」

半年後――

フラッドの前世と同じく、麦だけが罹る植物病『麦病』が発生、大流行し、ドラクマ王国を大飢饉が襲った。

麦類の枯死により、王国内では夥《おびただ》しい数の餓死者が発生するも、フラッドが行ったジャガイモ倍買令の布告により、王国各地では大規模なジャガイモ栽培が始まっていたため、フラッドの前世よりも死者の数は大分抑えられており、特にフォーカス領では餓死者ゼロという奇跡を成し遂げていた。

フォーカス領領民たち――

「おい！　ご領主様から追加の食料が届けられたぞ‼」

フォーカス領の各都市・街・村には、フラッドから備蓄していた食料が解放され、滞りなく配給されていた。

「ジャガイモはこのためだったのか……」「なにがバカ領主だ……‼　本当のバカは俺たちじゃねぇかっ‼」「ああ……フラッド様……今まで申し訳ございません……っ」

今までフラッドをバカにしていた領民たちは、配給される食料を受け取りながら涙を流した。

「フラッド様に栄光あれ‼　フォーカス領に栄えあれ‼」

一人の平民が叫ぶと、周囲の平民たちも次々に同調する。

「「「フラッド様に栄光あれ‼　フォーカス領に栄えあれ‼‼」」」

フォーカス邸――

「フラッド様が予想されたとおりでした……！　半信半疑だった自分の浅はかさが恨めしいです……っ！」

「このゲラルトの目は節穴でございました……」

「二人ともそう落ち込むな。ただの偶然、備えあれば憂いなしだっただけだ。それで、配給は足りているのか？　治安は？」

サラをお姫様抱っこしながらフラッドが二人を見る。

フラッドは領民が反乱を起こさないか気が気ではなかった。

「はい。予想よりもジャガイモ食と栽培が普及していたため、十二分に余裕がございます。領民たちは皆フラッド様を称《たた》えております」

「カイン殿の言うとおり、治安は極めて良好です」

「ならいいが……」

「あの……フラッド様……？」

　黙ってされるがままでいたサラが声を上げる。

「どうしたサラ？」

「流石《さすが》に恥ずかしいのですが……その……息子も見ておりますし……」

　お姫様抱っこされたままのサラが頬を染める。

「大丈夫だ。サラになにかあったら大変だからな。故のお姫様抱っこだ。な、カイン？」

　なにせ前世では、飢饉《ききん》起こる→サラが死ぬ→カイン復讐鬼《ふくしゅうき》になる→反乱起こされてエトナとフラッド処刑。

　という流れだったので、サラが死んだら自分も死ぬ。それにサラが死んだら普通に悲しいから嫌だ。と、フラッドは思っていた。

「あっ、は、はい。そうですね……？」

「いやいや、フラッド様やりすぎですよ。流石のカイン様もドン引きしてるじゃないです

か」

エトナがツッコむ。

「確かにな。じゃあエトナはこっちだ」

フラッドはサラのお姫様抱っこをやめると、ソファーに腰を下ろして自身の隣に座らせ、反対側にエトナを座らせた。

「なにが、じゃあ……？」

首を傾《かし》げるエトナを横に、フラッドはカインたちを見た。

「領内とは別に、ベルティエ領を始めとした、隣接領から食料援助願いが届いております」

「いいだろう（恩を売る絶好の機会だし、最悪領内で反乱を起こされたとき、逃亡の受け入れ先になってくれる可能性もあるしな）。余剰分の食料を無償で送ってやれ」

「はっ！　かしこまりました！」

「フラッド様はまこと名君でございます……っ！」

ゲラルトは感慨深げに目頭を押さえた。

【主よ、私からも一つ頼みがあるのだが】

声を上げつつ、イタチ状態のディーがテーブルの上に飛び乗る。

「どうしたディー？」

【実は今回の麦病、人間だけでなく魔獣にも被害が出ていてな……。魔獣にも食料援助してもらえないだろうか？】

「ふむ……どれくらい必要なんだ？」

【そうさな……】

具体的な量をディーが提示する。

「カイン、できそうか（売れる恩はできるだけ売りまくる……っ！）？」

「はいっ！　すぐに手配いたします！」

【恩に着るぞ主《あるじ》よ。フォーカス領の魔獣はこの恩を決して忘れん】

ディーが深々と頭を下げる。

「ああ、なにかあったときは助けてくれ」

王宮・緊急評議――

「以上が今回の麦病における、大凶作・大飢饉の現状でございます」

宰相が経済的損失や、餓死者の数を読み上げた。

「なんということだ……。全て余の無能が引き起こしたことだ……。民に顔向けできぬ……」

国王が嘆き、項垂《うなだ》れ、王女も意気消沈している。

（私はなんて愚かなのでしょう……。このような事態をフォーカス卿《きょう》は憂慮していたというのに……。私があのときの上奏を受け入れていれば……ここまでの被害は出なかったのに……）

あのときフラッドの上奏を受け入れていれば、多くの民を救えた。と、フロレンシアは自責の念に打ちのめされていた。

「陛下。此度《こたび》のことは天災です。陛下に責はございませぬ」

「そのとおり。まさかこのような大災害が起きるなど、誰が予想できましょう？　王国建国以来未曽有《みぞう》の事態ですぞ」

「然《しか》り然り、悔いられるよりも、対策を練ることに尽力いたしましょう」

ここにいる大臣たちもフラッドの上奏を覚えていたが、誰も責任を負いたくないため忘れたフリ、無かったことにして話を進め、この緊急事態にどう対応するかを決めた。

「では今回の評議はこれにて……」

「お待ちください陛下――」

フロレンシアが評議を終えようとする国王に待ったをかけた。

「どうしたフロレンシア？」

「最後に、私《わたくし》たちは己《おの》が過《あやま》ちを認めねばなりません。そうしなければ、この評議を行う意味がなくなってしまいます」

「過ちとは？」

「フォーカス伯爵です」

その言葉に、国王含め大臣たちはギクリとした。

「半年前、フォーカス伯爵の上奏を受け入れていれば、このような大惨事になることはなかった。少なくとも、もっと被害を減らせた、ということです」

「しっ、しかし、あのような上奏を全て採用していては、王国は成り行きません」

「そのとおりです。ですからその上奏を見定めるために私含め、アナタたち評議員がいる。ですが、皆フォーカス伯爵の意見は杞憂《きゆう》だと、却下・保留した結果が今なのです。私は、自身の罪を棚に上げるつもりはありません。どのような上奏であろうと、上奏の時点で、それを行った者は命を懸けている。それを忘れていたのです。今回のことを教訓に、たとえ、取るに足らないような上奏であろうと、今よりももっと審議すべきでしょう」

「ですが殿下、今回の件はフォーカス伯爵ですら予測できなかったのでは？　たまたま点数稼ぎのために上奏した内容に、実が伴ってしまっただけなのでは？」

「アナタの言う点数稼ぎとは、王家や各大臣の反感を買う。と、分かりきっているものを勧めることを言うのですか？」

「…………」

「殿下、だったとしたら、予測できていたとするなら、フォーカス伯爵の罪は重い！　飢饉が予測できていたのに、迂遠《うえん》な物言いで自身は食料を備蓄しつつ、我等《われら》にはジャガイモ食を勧めるだけとは、売国にも等しい行為ですぞ！」

「フォーカス伯爵は予測できていたのではなく、このような事態を想定していたのです。ジャガイモ食を勧めたのも、上奏文にあったとおり。それ以外の意図はないでしょう。現に、今どうなっていますか？」

フロレンシアの問いかけに宰相が答える。

「はい。フォーカス伯爵のジャガイモ倍買令によって、王国内でジャガイモ栽培が盛んとなり、結果、今回の飢饉の被害を減らす一助になっております。ジャガイモ食が平民に普及したことも、今回の被害を減らす結果となり、それも全てフォーカス伯爵の功績かと」

「もしフォーカス伯爵が、一連のジャガイモ令を行わなかった場合、どうなっていましたか？」

「今の数倍は被害が拡大していたものかと……」

宰相の言葉に皆が黙る。

「現在、フォーカス伯爵はこの大飢饉に対して、どのように動いているのです？」

「はい。フォーカス領では餓死者は発生せず、どころか、隣接領に食料支援を行い、民から聖人。と、感謝・支持されております」

「……この評議員の中に、まだフォーカス伯爵を貶《けな》す者はいますか？」

皆黙った。

（ああ……フォーカス卿……私が愚かでした……。私はなんと無能なのでしょう……）

フロレンシアが心中で詫《わ》びる。

「フォーカス伯爵は立派である。此度のことが落ち着き次第、褒章《ほうしょう》式を行おう」

国王がそう決して評議は終わった。

（ああフォーカス卿……どのようなお方なのでしょう……。今なら食料を言い値で売り、財を成すこともできるのに、貴方《あなた》は私服を肥やすことなく、民を助けてくださるのですね……。お会いしたい……話してみたい――）

顔も知らぬフラッドに対し、フロレンシアは思いを馳《は》せるのであった。

第十二話　「褒章式」

大飢饉が落ち着きを見せた頃――

「カイン、俺は陛下に、望む褒美を求めても罰されないか？」

「よほどのことでなければ……。今やフラッド様の名声は、王国内外でも聖人と名高いですから」

大飢饉の中、数多くの王国民を救ったフラッドは、王国内外から聖人・名領主と声望が高まっていた。

国王や宰相・各大臣もフラッドの功績を認め、フラッドだけを褒賞するための、王国中の貴族を集めた大褒賞式を執り行うことを決定し、フラッドは式に参加するための支度をしていた。

「なにを望まれるのか、お聞きしても……？」

「ああ、お前にも関係のあることだからな」

「ボクにもですか？」

カインが不思議そうに首を傾げる。

「俺は庶民降下されることを望む（早く庶民になって余生を過ごしたい……）」

「…………」

フラッドが口にした望みに、カインは驚きで開いた口が塞がらなかった。

「なっ……何故《なぜ》そのようなことを望まれるのです……？」

「それが一番いい結果（俺とエトナが殺されることのない未来）になるからだ。後は頼むぞカイン。お前なら心配ないだろうが」

微笑《ほほえ》むフラッドにカインはなにも言葉を返せなかった。

「フラッド様、用意できました」

「ありがとうエトナ。では後は任せるぞカイン――」

そうしてフラッドは領内にカイン、ゲラルト、ディーたちを残し、エトナだけを伴って王都へ向けて出発した――


王都アテナイ・王宮・来賓室――

「すごい歓声だったな……」

「そうですね。すごい歓迎でしたね」

　フラッドが乗る馬車は王宮から派遣された近衛兵《このえへい》に護衛され、王都に入ると同時に、歩道に控えていた王都の市民たちから大歓声と共に迎えられ、手に持った花や花びらのシャワーを浴びていた。

「あんな大歓声、前世で処刑される時以来だぞ」

「皮肉なものですよね」

「だな……。前世では悪徳領主の汚名を着せられ処刑された俺が、今世では国王から直々に褒章されることになるとは……。数奇なものだな」

「大詐《たいさ》は信《しん》に似たり……と言いますが、保身も極めれば聖人に見えるものなんですね」

「びっくりだな。正直引退しづらくなるからあんまり嬉《うれ》しくないし」

「前世のフラッド様なら、大喜びだったでしょうけど」

「やっぱり人間、一度死んでみると価値観が変わるものだな。俺はエトナと、平穏に一生遊んで暮らせるだけの金があればそれで十分だ」

「めちゃくちゃ高望みしてますけど……。そうなるといいですね」

「なるさ。あと少し、あと少しで……どうぞ」

　ドアがノックされたのでフラッドが言いかけていた言葉を飲み込み、入室を促すと――

「失礼しますわ――」

ドラクマ王国第一王女、フロレンシア・ドゥリンダナ・ドラクマが入室してきた。

（なんでここに王女が⁉）

フロレンシア・ドゥリンダナ・ドラクマ――

聖女とも呼ばれる王国一の美女・才媛とも名高い王女であり、次期女王。

整った絶世の容姿に銀色の瞳と、美しい銀髪の姫カットに、大きな胸とくびれた腰を持つ。

十七才であり、フラッドと同い年。

「アナタは外で控えていなさい」

「かしこまりました」

フロレンシアは侍女を下がらせると、フラッドに微笑んだ。

「……私も失礼させていただきます。なにかあればお呼びください」

空気を読んで退出しようとするエトナを、フラッドが小声で呼び止める。

「ちょっと待てぃ！　今お呼びだよ！　なんで王女と二人きりにさせようとすんの⁉」

「空気読んでくださいよ。今完全に私も出ていく流れでしょう」

「困るよ困る！　俺なに話したらいいのっ⁉」

「知りませんよ。とりあえず適当に相づち打ってたらなんとかなりますって。では」

フラッドを振り切るように一礼してエトナが退出したので、フラッドはとりあえず臣下の礼をとり跪《ひざまず》いた。

「お初にお目にかかります王女殿下。フォーカス伯爵領領主、フラッド・ユーノ・フォーカスでございます」

「顔を上げ、お立ちになってください。今は非公式な場、臣下の礼は不要ですわ」

「ありがとうございます殿下（ならせめて事前に連絡しておいてくれ……っ！）」

「まぁ——」

立ち上がったフラッドの顔を見たフロレンシアは、一瞬で心を奪われた。

美しい金色の髪に、まつ毛の長い大きな青い瞳、通った鼻梁《びりょう》に薄く色気のある唇、細いアゴ。その全てから目が離せなくなる。

（なんですのこの感覚……？　この胸の高鳴りは……？）

一目惚《ひとめぼ》れであり、これがフロレンシアにとって初恋であった。

人は心、顔ではない。という信条を持つフロレンシアからすれば、これまでのフラッドの聖人と呼ばれる行いだけで、思慕の念を抱いたことだろう。だというのに、さらには、

その絶世と形容できる美顔の組み合わせ。それは凶悪なほど、フロレンシアの心に刺さりすぎてしまった。

「…………」

「………どうなされました、殿下（えっ俺なんかやっちゃった？）」

「！　なっ、なんでもございませんわ。フォーカス卿《きょう》、いえ……フラッド様――」

（様っ?!）

突然の様呼びにフラッドが動揺する。

「でっ、殿下、臣下である私に敬称は不要でございます、大変に恐れ多く思いますれば！」

「で、ではフラッドっ。わ、私《わたくし》のことはフローラとお呼びください」

フロレンシアは言い切って頰を真っ赤にさせる。

「えっ!?　しっ、しかし、でっ、殿下を愛称で呼ぶなど不敬甚だしく（これは試されているのかっ？　調子に乗ってフローラ呼びしたら不敬罪で逮捕、みたいな？）……！」

「では……せめて殿下はおやめください」

シュンとするフロレンシアに、フラッドは否定しすぎたか？　と妥協案を受け入れることにした。

「か、かしこまりました。フロレンシア様」

「ありがとうございますフラッド……！」

　パッと顔を輝かせるフロレンシアに、フラッドは今の答えが正解だったか……と、胸を撫《な》で下ろす。

「あの、フロレンシア様、どのようなご用件で私に……？」

「そうでしたわっ！　私、フラッドに飢饉《ききん》やジャガイモのお話を、直接お聞きしたかったんですの」

「な、なるほど（早くそう言ってほしかった！　寿命が縮んだわ！）」

「では、お掛けになって」

「はい」

　フラッドがソファーに腰掛けると、フロレンシアがその隣に座った。

（えっ……？　隣……？　普通対面に座るもんじゃ……？　というか近くない……？）

「どうして麦に大きく依存することが、危険と思いましたの？」

　フロレンシアが右手をフラッドの膝に置いて、下から覗《のぞ》き込む。

「ご存じのとおり、我々の主食たる、主食になりえる小麦も米もトウモロコシも、全てイネ科なのです。なので、イネ科以外の、パンや米に代わる植物を求めたのです（なんかすごい触ってくる……)」

フロレンシアの無意識なボディタッチに、フラッドはテれるよりも、なにが不敬にあたるか分からないため、戦々恐々という心地だった。

「そこでジャガイモを選ばれた理由は？」

「ジャガイモはナス科で、生命力と繁殖力が強く、味もよくて栄養豊富だからです。おそらくこの条件を満たす食材は、この世界《テラー》において他にはないかと思われます」

「確かにそうですわね……。では批判を覚悟で上奏なされた理由は？」

「(ホントは保身のためだけど) 問題提起して、この麦依存の危うさと、ジャガイモ食が徐々にでも進めば、と思ったのです。まさかその年に、このような大災害が起きるとは、予想だにしていませんでしたが」

「謙虚なのですね」

「身の程を弁《わきま》えているだけです」

フロレンシアはフラッドに見入っていた。

(他の殿方は私と話すとき、胸を見たり、阿諛《あゆ》や諂《へつら》いの表情を見せるのに、フラッド様はなんて真摯な瞳でお話されるのだろう――)

こんな方、今まで一人もいなかった。と、フロレンシアは思っていたが、フラッドは王女に失礼のないようにと必死で、そのような余裕がなかっただけであった。

「殿下、お時間でございます」

ドアの外から侍女が時間を知らせる。

「あら、もうそんな時間？」

「はい」

「とても名残惜しいですわフラッド……」

「フロレンシア様、機会はいつでもございましょう」

「そうでしょうか？　約束がないと不安ですわ」

フロレンシアがフラッドの服の裾を握る。

（シュンとしてるし、ちょっとかわいそうだな……）

そう思ったフラッドは、空約束でもしないよりはマシだろうと口を開いた。

「はい。では約束しましょう。非公式な場でお会いすることを」

「！　絶対、絶対ですわ！　では失礼しますわ。会場でお会いしましょう」

「はい、フロレンシア様」

フロレンシアが下がるとエトナが入ってきた。

「長かったですね。殿下の顔を見る限り上手《うま》くやれたみたいですけど」

「疲れた……もう式典に出る気力もない……」

「グロッキーですね……ん？　スンスン」

エトナがソファーにもたれるフラッドに鼻を近づける。

「どうしたエトナ？」

「……殿下の匂いが移ってます」

「すごいボディタッチされたからな。そのせいだろう」

「へぇ……」

エトナは隣に座るとフラッドをペタペタと触り、ギュッと抱き着いた。

「……どうした急に？」

「……上書きしてるんです。王女と密室に二人きりでなにをしていた？　なんて余計な勘ぐりをされたくないでしょう？」

「確かに」

「ちなみに、殿下になにかしましたか？」

「するわけないだろ恐ろしい」

「そうですか……なるほど……。ふむふむ……。意外とチョロ……扱いやすいお方なのかもしれませんね……」

ふむふむとエトナは一人頷《うなず》くのであった。

玉座の間――

そこには玉座に座る国王、その隣に王妃、王女、そして宰相、各大臣、そして王国貴族たちが整列しフラッドを待っていた。

「フラッド・ユーノ・フォーカス伯爵、入場！」

ファンファーレと共に正装に身を包んだフラッドが登場する。

絶世とも呼べる美顔に、高い身長と整ったプロポーションを持つフラッドは、式典の荘《そう》厳《ごん》さに負けることはなく、むしろその美を引き立たせていた。

「どれほどの者かと思えば青二才ではないか」「しかし顔はいい。是非小姓にしたいですな」「ははっ、声が大きいですぞ」「あれが聖人？　部下が有能なだけではないのか？」

フラッドは玉座の前に歩みを進めると、臣下の礼をとって跪いた。

「フラッド・ユーノ・フォーカスよ、其方《そなた》は此度《こたび》の大飢饉という国難において、多くの臣民を助けた。よって余、アレウス五世の名において、ドラクマ最高栄誉章と報奨金を授ける」

「謹んで拝受いたします」

国王がフラッドの首に勲章をかけ終えると、参列した諸侯が大きな拍手で応える。

「フラッド・ユーノ・フォーカスよ、余は勲章や報奨金とは別に、其方の望むモノを与えたいと思う。其方は何を望む？　王配の座か、爵位か、領地か、思うままに申すがいい」

国王の言葉に諸侯がざわめく。

「陛下はなんということを……っ！」「あの者は最近までバカと有名であった！　きっと王配の座を望むぞ！」「ああ……国難を越えたと思った先にもっと大きな苦境が待っていようとは……！」「フロレンシア様……‼」「爵位や領地ならまだマシか……」

フラッドは「待ってました！　辞めるタイミングは今しかない！　この報奨金があれば一生遊んで暮らせる！」と、意気込んで顔を上げた。

「では陛下、私を庶民へと降下させてください」

「「「「⁉」」」」

フラッドの返答に、国王だけでなく諸侯も驚愕《きょうがく》の表情を浮かべる。

「ど、どういうことだ、フラッドよ？」

降下を認めてもらうため、脳をフル回転させるフラッド。

「陛下、私は麦に依存する危うさを予想しておきながらも、確信が得られず、助けられたのはごく一部。私がもっとしっかり動いていれば、今よりも多くの民を助けられたことでしょう」

フラッドは用意した文面をなぞるように淀《よど》みなく答える。

「この責をとり、私の持つ領地と爵位を、王国へ返上させていただきたく思います――」

深く頭を下げるフラッドと、言葉を失う国王・王妃・王女・宰相・大臣・諸侯たち。

（自身の功績を鼻にかけるかと思っていたが……）（まさかここまで高潔な人物だったとは……）（評議会の罪も自身が背負うつもりなのか……？）（私たちは大きな思い違いをしていたのかもしれない――）

「しかし其方はそのことを上奏したではないか……。罪は余に……」

「陛下に過《あやま》ちや罪はございません！　全ては臣《しん》である私の罪！　自信がもてなかった故、半端《はんぱ》な上奏になり、陛下を惑わせてしまいました！　この罪だけでも罰するに余りあります!!」

（余に恥をかかせぬため、一人で全ての責を負う気なのか――）

国王が唸《うな》る。

フラッドの上奏は何も間違っていなかった。そのことは国王や王女、宰相、各大臣たちも分かっている。だが、フラッドはその皆に恥をかかせないため、罪を認めさせることがないよう、全ての罪を自身が背負うのだ。と、参列した全員が誤解していた。

「フラッド……」

フロレンシアが思わず呟《つぶや》く。それほどに、フラッドの高潔さに皆が心打たれていた。

「……では、その願いを聞き入れた場合、後任はいかがする？」

「ベルティエ侯爵の子、カイン・ファーナー・ベルティエを、私の後継者として恥じぬよう教育しました。彼ならば、私よりもずっとよく、領地を治めてくれるでしょう」

（既にそこまで……。先の先……今回の飢饉の件だけでなく、余の罪を自身が肩代わりすることも考えていたのか……）

と、国王はフラッドの献身・挺身《ていしん》に言葉が出なかった。

「しかし……」

国王は絶対にフラッドを手放してはならない。この者は王国を導く光なのだと強く意識し、フラッドの提案を了承できなかった。

「陛下……。フォーカス領から緊急の嘆願書が届きました……」

宰相が国王に耳打ちする。

「それはどのようなものだ？」

「フラッド殿に後継者指名された、カイン・ファーナー・ベルティエを筆頭に、フォーカス家の家臣全員と、領民の代表者たちの署名が入った、フォーカス伯爵を領主のままにしてもらいたい。というものです」

「うむ……分かった……」

　国王は大きく頷くと、フラッドを見た。

「フラッド・ユーノ・フォーカスよ、汝《なんじ》の忠心・忠節・献身はよく分かった。故に余は、汝の嘆願を受け入れぬ。その代わり、汝を伯爵から侯爵に陞爵《しょうしゃく》させることとし、変わらずフォーカス領領主でいることを命ず！」

「「「「おおおおおおおお――!!」」」」

　国王の言葉に諸侯が大歓声で応える。

（えっ?!　なんで!?）

「……謹んで拝命いたします」

　フラッドは頭を抱える思いで陞爵を受け入れ、玉座の間を後にした。

「フラッド・ユーノ・フォーカス……あれほどの男であったとは……フロレンシアの王配に相応《ふさわ》しいな――」

　そう国王がこぼしたのであった。

第十三話　「褒美《ほうび》の使い道」

「なんでだぁ――――!!」

　帰りの馬車の中でフラッドは頭を抱えて叫んでいた。

「まぁ、なんとなくこうなるだろうな。とは思ってましたよ」

「平民になるどころか侯爵になっちゃったよ?!」

「おめでとうございます」

「めでたくないっ！　勲章も含めて責任がめちゃめちゃ増えちゃった！」

「嫌なら嫌と断ればよかったでしょう」

「そんな空気の読めないことできるかっ！　流石《さすが》の俺でも、あの流れで断るような頭のおかしい奴《やつ》いたらドン引きだぞ!?」

「まぁ、少なくとも前世よりはいい流れなんじゃないですか？　飢饉《ききん》を防いで、カインや兵長も味方につけて、国王と王女の覚えもめでたく、貴族たちにも好印象を与えられましたし。上々じゃないですか」

「だがエトナ、好きと嫌いはコインの裏表のようなものだ。今俺がどれだけ高評価を得ていようと、ほんの些細《ささい》な、それも自身で意図しなかったような過失で、裏を向くこともある。そうなればおしまいだぞ？　地獄への道は善意で舗装されているんだ」

「そうですね」

「淡白っ！」

「いいですかフラッド様、私は常に未来のことを考えています。過ぎたことは考えても仕方ないのです。過去は変えられないのですから。なので、悔やむよりもこれからを考えましょう」

「そっ、そうだなっ！　流石はエトナだ！　とりあえず帰ったらカインに説教だ！　余計なことをしてくれおって……！　流石に怒るっ‼」

　フォーカス邸――

「お帰りなさいませフラッド様‼　陸爵おめでとうございます‼」

「おめでとうございますフラッド様……！　この老いぼれ、涙が止まりませんぞっ……‼」

「「「おめでとうございますフラッド様――」」」

フラッドが領地に帰ると、領都だけでなく、全ての地域で領民からの大歓声と祝福の言葉が贈られ、今ようやく帰った屋敷《やしき》では、カインが久しぶりに飼い主に会えた子犬のような笑みを浮かべ、ゲラルトが嬉《うれ》し涙を流し、サラや料理長を筆頭に使用人一同が儀礼上ではなく、心からと分かるほど顔に喜びと誇らしさを浮かべていた。

「…………ただいま。皆の心遣い、本当に、ほんっとうに……！　立ち上がれないくらい……っ‼　心に響いたぞっ……‼　特にカイン──」

「はっ、はいっ！」

「この大バカ者がっ……‼　お前は自分が領主になれる機会を棒に振って……‼　俺はそんなことを教えた覚えはないぞっ‼」

言葉とは裏腹に、フラッドはカインを抱きしめて頭や顔を撫《な》でまわした。

こんな純粋な好意を向けてくれる相手に冷たく接せるほど、フラッドは割り切れる人間ではなかった。

「もっ、申し訳ありません……！　ですが、ボクなどよりも、この領地は、いえ、王国はフラッド様を必要としているのです……！」

「ん～～～～‼」

フラッドは喜びとも怒りとも言えない声を上げるのだった。

後日・フォーカス邸──

「たっ、大変ですフラッド様‼」

「どうしたカイン？　そんなに慌てるなんて珍しいな」

ディーとオセロをしていたフラッドが顔を上げる。

【これで終わりだな主《あるじ》よ】

「あー！　なんで毎回四隅がとられるんだ⁉」

【主の頭が悪いからだ】

「うっさいわ！」

「フラッド様、オセロをしている場合ではありません！」

「はっ！　そっ、そうだった！　で、どうしたカイン？」

「お、王女殿下がお出《い》でになりました‼」

「は？　……はぁっ⁈　どこに⁉」

「この屋敷でございます！」

「なんでっ⁈　そんな報告受けていないぞ⁉」

「ボクもですっ！　どうやらお忍びでお越しになられたようで、今来賓室でお待ちいただいております‼」

「よく分からんがすぐに支度をっ！　サラはどうしている⁉」

「殿下の応援をしております‼」

フラッドはすぐさま立ち上がる。

「それでいい！　サラほど美しく気品があって、誰にも臆さない度胸を持ち礼儀作法も完璧な女中は、王国広しといえども二人といないだろう！」

エトナが持ってきた上着に袖を通すフラッド。

「あっ、ありがとうございます！」

【これはオセロなどよりも、よほど面白くなりそうだな……】

「アナタも随分と人間界に染まりましたね」

【ふっふっふ、そうかもしれんな】

エトナとディーはわたわたする二人を他人事《ひとごと》のように見ていた。

フラッドとカインは急いで来賓室へと向かうと、そこには近衛兵《このえへい》と侍女を伴ったフロレンシアがソファーに座り、サラと談笑しながら優雅に紅茶を飲んでいた。

「でっ、殿下……？」

「フラッド……ッ！」

フロレンシアはすぐに立ち上がると、フラッドの前に歩み寄ってその両手を握った。

「お会いしたかったですわ」

「こっ、光栄です（突然お忍びでなんの用だ……?）。殿下、此度《こたび》の急なご訪問、どのようなご用件で……?」

「イヤですわ、お約束したではありませんか」

「約束……ですか?」

「はい。非公式な場で会ってくださる。と。なので、待ちきれず押しかけてしまいました」

恥ずかしそうに頬を染めるフロレンシア。

（行動力ぅ!! 社交辞令とは言わないまでも早すぎる!!）

と、心の中で叫ぶフラッド。

「しかし殿下、あえて無礼な物言いをお許しください。陛下のご許可はとれておられるのでしょうか?」

「はい。むしろ喜んでおられましたわ。フォーカス侯爵のところで、市井《しせい》のことを学んでくるがいい、と」

「ははは……なるほど（おい国王!! 俺の了解も取らないでなに勝手に許可しとるんじ

や‼)」

「しばらくはこのフォーカス領に滞在させていただく予定ですわ。事後承諾になってしまいますが……よろしくて？」

フラッドは乾いた笑いで応える。

決してフロレンシアのことが嫌いなわけではないが、王女と臣下という立場上、どうしても気を遣わずにはいられないからだ。

「(よろしくないけど……) もちろんです殿下、望まれる限り何日でもご滞在ください」

「ありがとうございますフラッド！」

喜ぶフロレンシアはフラッドの胸に飛び込む。

「やはり殿下はチョロ……素直なお方のようですね」

【おい、今本音が出かけていたぞ】

エトナにディーがツッコんだ。

「けれど……殿下、ですか……？」

小声でフラッドが応える。

「今は使用人も近衛《このえ》も侍女もいます。臣《しん》として、フロレンシア様の醜聞の種になるようなことは、したくないのです。ですので、このような誤解されかねない行動も、お控えいただだければ……」

「……そこまで私《わたくし》のことを思ってくださっているとは……。ありがとうございます――」

ゆっくりとフロレンシアが離れる。

「ではフラッド、なにもせずお世話になるだけ、というのは王家の教えに反します。なので、なにか私へ要望があれば、遠慮なく申してください。それが対価となるのです」

「ははっ！」

なにも頼むことはない。と、思いつつ頭を下げたフラッドは、クランツの被害者であり、今はフォーカス邸の女中となっている、女たちのことが脳裏に浮かんだ。

「では殿下……早速で申し訳ないのですが、お願いがございます……」

「なんでしょう？」

「実は……王女である殿下に、このようなお願いは大変恐れ多いのですが……」

フラッドの耳打ちにフロレンシアは微笑を浮かべる。

「喜んで。やはりお優しいのですね、フラッド……」

そうしてクランツに監禁され、今はフォーカス邸で女中として働いている女たちが執務室に集められた。

室内にいるのはフラッド、フロレンシア、女たちだけだ。

「フラッド様……どのようなご用件で?」「私たちということは……」「しっ、静かに、殿下がいらっしゃるのよっ」

集められた女たちは思い思いの反応をする。

「皆に集まってもらったのは他でもない。その傷のことだ。今までどのような治療も薬も効果がなかった。が、今回、フロレンシア王女殿下に、お力をお貸しいただけることとなった。殿下の魔法は《治癒》。どのような怪《け》我《が》も病も癒《いや》す聖なるお力だ!」

生来人や生き物が傷を負うことを嫌った、心優しいフロレンシアが発現させた魔法、それが《治癒》であった。

効果はあらゆる傷を治す力であり、死者にも適応され、傷の酷《ひど》い亡骸《なきがら》は生前の姿形を取り戻せるという能力だ。

「まっ、まさか!」「私たちのような者に魔法を……?」「恐れ多いです……」

女たちの傷は深く、フラッドも手を尽くしたが、医者や薬では傷跡を治しきれない者がほとんどであった。

「皆静かに。殿下の御前だ」

フラッドの一声に女たちは黙った。

「皆、楽にしてください。今回は私の魔法で皆を癒しましょう。その前に、大事なことを覚えておいてください。私は、フラッドにどのような頼みでも聞き入れる。という提案をし、フラッドは私の提案にこの答えを出した。ということを――」

「では一列に並べ」

号令と共に、一列に並んだ女中は、フロレンシアの固有魔法である《治癒》によって見る見るうちに痛々しい傷跡が癒されていく――

「ああっ……‼　そんなっ――」「諦めていたのにっ……‼」「うあ……うあああああ――！」

フロレンシアの魔法によって傷跡が完全に癒された女たちは、滂沱《ぼうだ》とも形容できる涙を流して喜んだ。

「ありがとうございますフラッド様！　フロレンシア様！」「この御恩、一生忘れません‼」「フロレンシア様に栄光あれ‼　フラッド様に栄光あれ‼」

「皆、気持ちは嬉しいが俺はなにもしていない。感謝する相手を間違えるな。殿下に感謝を捧《ささ》げるんだ」

「「「ありがとうございます王女殿下‼」」」

「殿下、私からも心よりの感謝を申し上げます」

フラッドがフロレンシアに跪《ひざまず》いた。

「フラッド……」

フロレンシアは言葉が出なかった。自分への交渉権をどのように行使するのかで、フラッドという人物を見極めようとしたが、自分が浅はかだったと。

フラッドは自身の欲望を満たすためではなく、部下、それも使用人たちのことを一番に思った。

『王族の魔法を使用人に用いてほしい』この発言は、不敬罪にも問われかねないほど非常に危険なものだ。王族の高貴な魔法を平民に行使させるなど、理由や背景はどうあれ不敬以外のなにものでもないからだ。フラッドもそのことは十分に理解していただろう。だがそれでも、フラッドは女中たちの傷を癒してもらうことを選んだ。

（なんて高潔なのでしょう……）

今の場に立ち会えただけで自分はフォーカス領に来た価値があった。と——

そうしてフラッドを慕う自分の気持ちは間違いないものだ。と、フロレンシアは理解したのだった。

「それにしても、殿下にすごいお願いをしましたね」

「ああ、女中たちのことか？　あの痛々しい傷跡は俺のせいでもある。そのことを思えば、当然の行いをしたまでだ」

「フラッド様のお優しさに裏がないことは分かっていますが、知っていましたか？」

「なんのことだ？」

「王族の魔法を、貴族ですらない使用人に用いらせることなど、問答無用で不敬罪になる。ということです」

「………マジ……？」

フラッドが顔面を蒼白《そうはく》にさせる。

「はい。まぁ、殿下が相手なので、どう転んでも、そのようなことにはならなかったでしょうが、処刑されても不思議じゃありませんでしたね」

「なるほど……。だが、俺に悔いはない。殿下も許してくださった……んだよな……？あの女中たちの涙を見て、俺は自分が間違ったと言うような人間にはなりたくない。だから、今でも、この記憶を持ってあの時に戻っても、俺は同じ選択をするだろう」

「フラッド様ならそうでしょうね」

「だろう？　俺に後悔はない。だが、正直に言えば、殿下以外の者に不敬罪ではないか？とつつかれはしないかと、少し明日が怖い。いや、めっちゃ怖い。どうしようエトナ？俺、大丈夫だよね……？　今日は俺が寝るまで傍《そば》にいてくれるか？」

「ふふっ……。かしこまりました。大丈夫ですから、安心してくださいフラッド様」

そう言ってエトナは珍しく微笑《ほほえ》むのであった。

その日以降、初恋に浮かれたフロレンシアの王女らしからぬ奔放（無邪気？）な振る舞いに、フラッドだけでなく、エトナですら困惑させられることになるのはまた別の話。

第十四話　「内通しよう！」

フロレンシアが滞在することになってから数日後——

「ヤバいっ！　大変なことを思い出した！　ブドウ食べてる場合じゃないっ‼」

自室でエトナにブドウの皮をむかせて「あーん」してもらっていたフラッドはそう言って突然立ち上がった。

「なにを思い出したんですか？　どうせ大したことじゃないんでしょう？」

【そうだぞ主《あるじ》よ。針小棒大だろう】

マスコット形態でブドウを齧《かじ》っていたディーがエトナに同調する。

「大したことあるもん！」

「なら言ってみてください。しょうもないことならぶん殴りますから」

「唐突なバイオレンス⁈」

フラッドは布巾で口を拭ってから続けた。

「いいか、このままじゃ帝国が来ちゃうんだよ‼」

「はぁ、そうですか？」

【断定ということは前世の情報、ということか？】

「そうだエトナ！　お前も忘れていたろう⁉」

「フラッド様じゃあるまいし、忘れていません。一緒にしないでください眉毛全剃《ぜんぞ》りしますよ？」

「ま、待て待て待て！　眉毛はダメだ、人相が悪くなる！」

「そうですか？　それはそれでありだと思いますけど？」

「そうか……？」

「はい」

和やかになりかけていた空気にフラッドが活を入れる。

「って、それよりも今は帝国のことだ！　というかエトナ！　覚えているのならなぜ黙っていた⁈」

「それは今と前世とで状況が違い過ぎるからですよ。そもそもフラッド様は、何故《なぜ》帝国が侵攻してきたか、理解されていますか？」

帝国の脅威についてはエトナも感じており、独自に調べていたのだ。

「えっ……？　元々攻めるつもりだったんじゃないの？」

「確かにそれもあるでしょうけれど、前世で帝国が戦争に踏み切った原因は二つあります。飢饉《ききん》と内通者です」

【なるほどな】

エトナの言わんとしたことを理解したディーが頷《うなず》く。

「どゆこと……？」

「とりあえず座ってください」

「はい……んぐんぐ」

言うとおり椅子に座りなおしたフラッドは、エトナから皮をむいた最後の一粒を口に入れられた。

「いいですかフラッド様、前世での帝国侵攻は、様々な要素が複合された結果です」

エトナは果汁がついた手をフィンガーボウルで洗い、布巾で拭きながら続ける。

「様々な要素……？」

「はい。大陸統一を標榜《ひょうぼう》するビザンツ帝国は、元々このドラクマ王国を狙っていたようで、そこに来て大飢饉の発生、さらにカインという内通者の存在があって、はじめて侵攻を決定し、その第一目標をここ、フォーカス領にしたのです」

エトナも帝国の思惑を断言できるほど、前世でも今世でも情報を入手できていなかったが、フラッドへの説明なので、とりあえず断言することにした。

「つまり……飢饉とカイン、この二つが揃《そろ》わないと、帝国が戦争を決断する可能性は低い……ということか？」

「そのとおりです。今帝国は、前世よりも飢饉の被害を受けていない王国と、戦争するかどうかも定《さだ》かではなく、もし決意したとしても、飢饉に対して王国中で唯一被害がなく、なおかつ、事実はどうあれ、領主であるフラッド様は聖人と呼ばれ、領民に慕われ、ゲラルト兵長やカインを始めとした有能な家臣を持つ、ここ、フォーカス領が第一目標とされる可能性はとても低い。ということです」

「なるほどな……。だが、飢饉もそうだったが、対策しても前世と同じ展開がくる。という可能性も否定できなくはないか？　エトナの言うとおりだったとしても、不安の芽は摘むべきだ」

「飢饉に対しては、そもそも麦病に対してはなにも対策をしていなかったので、同じ展開が繰り返されるかは断言できません。それを言うなら、サラさんは今回は生きていますので、むしろ対策すれば未来は変えられる。と、思っています」

「確かにな……。ディーはどう思う？」

【繰り返されるかどうかは分からぬが、魔獣の情報網では、ここフォーカス領と隣接する

帝国領に、皇女率いる大規模な帝国軍の駐屯地ができた。という話もある】

「マジっ⁈」

「それは初耳です……。ディー、どうして黙っていたのですか？」

帝国の駐屯地が隣接領にあるのではないか？　という話は前から出ており、そのことはエトナもカインもゲラルトも知って探っていたが、噂《うわさ》の域は出ていなかった。

【黙っていたわけではない。お前と同じ、必要と思わなかったから言わなかっただけだ】

「…………帝国が王国に侵攻するにしろしないにしろ、保険は必要だ――」

フラッドは両手の指を交差させ、その上にアゴを乗せ思案を始め、しばらくしてカッと目を見開いた。

「そうだ！　内通しよう‼」

「マジで言ってます……？」

「無論だ！」

「カインや殿下たちはどうなさるんです？　見捨てるんですか？」

「見捨てるワケないだろ！　そんな後味の悪いことできるか‼　裏切る際の交換条件で助命とかなんとかしてもらう‼」

フラッドに忠義心など微塵《みじん》もなかったが、情に関してはひときわ厚い男だった。

「そのクズさ、流石《さすが》です」

「そもそも前世のカインと反乱軍だって売国奴なんだから、俺だって大丈夫だろ⁉」

「ぜんぜん違うと思いますよ」

【バカの考え休むに似たりだな】

「とにかく‼　思い立ったが吉日だ‼　行くぞエトナ、ディー‼」

【おっ、今回は私も供していいのか？】

「ああ！　それでは帝国駐屯地へレッツゴーだ‼」

【ビザンツ人……どのような人間なのか楽しみだ】

「なるようになれ、ですね」

　エトナはディーの力やフラッドの《生存本能》もあるため、いざというときも、なんとかなるだろう。という公算を立てていた。

　そうして二人と一匹は誰にも行き先を告げず、帝国領へと馬を走らせた——


　ビザンツ帝国領コムネノス・帝国軍駐屯地——

　長い石壁で囲われた中には、実に十万近くの軍勢が駐屯しており、大小様々な幕舎が無数に立てられていた。

「殿下！　不審な男が現れ、皇女殿下にお会いしたい。などと世迷言《よまいごと》をほざいております！」

「ならば俺に報告などせず、とっとと斬り捨てるがいい」

報告を受けたビザンツ帝国第一皇子、ヴォルマルク・シャルナゴス・ビザンツがワインを飲みながらそう答えた。

二メートル近い長身に鍛え上げられた体、長い金色の髪をオールバックにし、切れ長な目が特徴的な整った顔つきをしている。

「そ、それが……どうやらその不審な男は、フォーカス領の領主であるらしいのです。しかし、供は侍女一人に使い魔一匹だけなので、どうにもうさんくさく……」

ヴォルマルクの目が細まる。

「なに？　それは真《まこと》か？」

「はい……。容姿は間諜《かんちょう》の情報と一致します……。おそらく本人かと……」

「なるほど……そのバカは亡命か内通しに来た。というわけか？」

「そこまでは分かりませんが……」

「いいだろう。姉上に目通りさせるかは俺が判断する。ここへ連れてこい」

「はっ！」

何も知らないフラッドとエトナとディーがやってくる。

「俺は第一皇子ヴォルマルク・シャルナゴス・ビザンツだ」

「フォーカス領領主、フラッド・ユーノ・フォーカスと申します。供のエトナと使い魔のディーです（よしっ！　なんとかここまで来ることができたぞ！　後は上手《うま》く立ち回るだけだ！）」

エトナが頭を下げ、ディーはマスコット形態で黙ったままその肩に乗っている。

フラッドは前世でヴォルマルクと会っていないため、とりあえず媚《こ》び諂《へつら》っておこうと決めていた。

「それで？　敵国の領主が直々になんの用だ？　それも下賤《げせん》な輩《やから》が、第一皇女である姉上を指名とは、無礼にもほどがあるぞ」

「私を売り込みに来ました」

前世のカインという内通が受け入れられた前例があるので、フラッドは上手くいくだろう。と、思い込んで楽観視していたため、それほど緊張はしていなかったうえに、なにも深いことを考えていなかった。

「呆《あき》れたものだ。お前は聖人だと持ち上げられているようだが、実際はただの売国奴か」

つまらなそうにヴォルマルクはワインを呷《あお》る。

「聖人を自称したことはございませんし、名声で腹は膨れませんので……」

「つまらぬ輩だ。姉上にお会いさせるまでもない」

「（やべぇ、摑《つか》みが悪いぞ。なんとかコイツの機嫌をとらないと……）殿下にはそのつまらぬ輩にわざわざ会っていただき、感謝のしようもございません」

フラッド本人はそのつもりはなくとも、嫌味にしか聞こえない言葉に、ヴォルマルクの額に青筋が浮かぶ。

「……皮肉か？　下郎」

「いえいえ、そのようなことは……。本心でございます」

「ふんっ。それで？　お前はどのような手土産を持ってきた？」

「えっ？」

「まさか手ぶらで来たわけではあるまい？」

「マジか⁉　金せびられるとは思わなかった……！　エトナ、今いくら持ってる？」

小声でエトナに耳打ちするフラッド。

ヴォルマルクの言う手土産とは、裏切りの確約や、重要機密等の情報であったが、フラッドは賄賂を要求されている。と、盛大に勘違いしていた。

「これだけしかありませんよ……。というより、皇子が言ってる土産ってお金のことじゃ……」

「とりあえず無いよりはマシだっ」

「あっ、ちょっ」

エトナが止めるのも聞かず、フラッドは金が入った革袋を差し出した。

「どうぞ殿下、少ないですが、これが今の手持ち全てでございます」

それを召使いが受け取ってヴォルマルクに渡した。

「……なんだこのはした金は？　俺をバカにしているのか……‼」

眉を吊《つ》り上げて革袋を投げ捨てるヴォルマルク。

「やっぱり足りませんか（やべぇ……怒ったぞ……）……？」

怯《おび》えるフラッドの様子に、挑発したのではなく、本気で賄賂のつもりだったと理解したヴォルマルクは、怒るよりも呆れる気持ちのほうが強かった。

「……どうやらお前は本物のバカのようだな。聖人どころか、とんだ痴愚ではないか」

「そのとおりです。私も分不相応な称号をつけられ、苦労しているのです」

「どう勘違いされればお前のようなバカ者が、聖人扱いされるようになるのか不思議だな」

「私もです」

「いいだろう。そのバカさに免じて、お前が帝国に降《くだ》るというのなら、帝国の爵位を与え領地を保障しよう」

「ありがとうございます殿下（なんだ、こいつ話の分かるいい奴《やつ》じゃん！）！　では、皇女殿下にお目通りを許していただけるのですね！」

ヴォルマルクの眉が不快げに動く。

「何故《なぜ》そうなる？」

「（こいつ天然か？）何故もなにも、ここの最高責任者はカリギュラ皇女殿下。皇女殿下の保障がなくては、ただの空手形でございましょう？」

フラッドは何故かここで小賢《こざか》しさを発揮し、ヴォルマルクの不興を買う。

「俺では不足と言いたいのか……？」

「いえいえ。殿下にはぜひ皇女殿下へお口添えいただければ……」

「俺にお前の小間使いにでもなれとほざくか‼」

グラスを床に投げつけ激怒するヴォルマルクと、めちゃくちゃビビるフラッド。

「ひぇっ⁉　いっ、いえいえ、そのようなことは……！」

「いいだろう。ついてこい」

「はっ、はいっ」

幕舎を出るとヴォルマルクが剣を抜き、切っ先をフラッドへ突き付けた。

「おい下郎。お前が俺の一撃を防げたら、姉上に取り次いでやる」

「えっ（無理に決まってるだろそんなん⁉）⁉　いやいや、殿下それはちょっと……！」

ヴォルマルクは帝国でも有数の剣の使い手であり、さらに固有魔法である《肉体強化》を用いた近接戦は無類の強さを誇る。

（まぁ……《生存本能》が発現したフラッド様なら大丈夫でしょう……）

（主《あるじ》なら大丈夫だろう）

エトナとディーは無言のまま同じことを思っていた。

「問答無用‼」

フラッドが答える間もなく、上段からの一撃が繰り出された――

が――

ヒュッ――！

「な……に……？」

確かにフラッドを捉えていたはずのヴォルマルクの一撃は、空を切っていた。フラッドの《生存本能》が発動し無意識の内に回避したのだ。

「え……（なにが起こったんだ？）？」

故に、当のフラッド本人も何が起こったのか理解していなかった。

「チッ……！　運のいい奴だ。約束だ。姉上に取り次いでやる――」

今の一連のやり取りは、自身の近衛《このえ》や一般兵も見ていたため、ヴォルマルクはプライドもあって約束を反故《ほご》にすることができなかった。

「あっ、ありがとうございます（ワザと外してくれたのか！　やっぱこいつめっちゃいい奴じゃん）！」

そう一人勘違いするフラッドであった。

第十五話　「皇女カリギュラ」

皇女の幕舎――

「姉上、よろしいでしょうか？」

「お前がここへ来るとは、珍しいこともあるものだな。何用だ？」

専用の席に座り、頬杖《ほおづえ》をついていたカリギュラが応える。

幕内には参謀や副官といった幕僚たちが控えており、カリギュラの隣では、使い魔である魔獣クロヒョウのロデムが、額の魔石を光らせ控えている。


カリギュラ・マルハレータ・ビザンツ――

ビザンツ帝国第一皇女であり、王国侵攻部隊の総指揮官。

指揮官としても武人としても優秀で、幼いころから数多くの戦に従事し、勝利に導いてきた女傑。

燃えるような深紅の長髪と、吊り目がかった鋭い眼力のある瞳を持つ美女であり、フラ

ッドほどもある長身は背筋がしっかり伸び、しなやかに鍛えられた肉体と大きな胸を持つ。

『業火《ごうか》の魔女』とも呼ばれ、文武に優れているだけでなく、固有魔法である《業火》は個人で一万の軍勢に匹敵するとも言われる威力を有している。

フラッドよりも四歳年上の二十一歳。


「実は……」

ヴォルマルクが事情を説明する。

「ふむ……お前の一撃を躱《かわ》したというのか。面白い。通せ」

「……よろしいのですか？」

本心ではフラッドを殺したかったヴォルマルクが難色を示す。

「おかしなことを言う。お前が連れてきたのだろう？」

「はっ！　では……」

ヴォルマルクが下がっていく。

「フォーカス侯爵か……。飢饉《ききん》を予測し多くの民を救った聖人。さらに国王の過《あやま》ちを己《おの》が身を犠牲にして引き受けようとした忠臣。そのような者が売国するため、単身ここへ乗り込んできた？　そのようなワケがあるものか――」

「裏がありますな」「ありえぬことでしょう」「魔獣を倒した話といい、ヴォルマルク殿下の一撃を躱したことといい、噂《うわさ》に違《たが》わず文武に優れている人物のようですな」

幕僚たちが意見を出していると、ヴォルマルクに連れられたフラッドたちは、カリギュラの前まで進み、跪《ひざまず》いた。

「フラッド・ユーノ・フォーカスでございます」

「立て。形式だけの礼は不要だ」

「失礼します」

立ち上がったフラッドは前世の記憶を教訓に、カリギュラには絶対媚《こ》びてはならないと自身に言い聞かせていた。

前世では内通したカインたち反乱軍と結託して、カリギュラ率いる帝国軍はフォーカス領へ侵攻し、瞬《また》く間《ま》に占領。

その後、目の前に引き連れられ、みっともなく命乞いするフラッドを「情けないクズ」と心底見下し、自らの手でフラッドに鞭打《むちう》ちを行ったのが、他ならぬカリギュラであった。

（あの時の鞭の痛み忘れんぞ……！　この女に媚び諂《へつら》いは逆効果……っ！　ウソでもいいから堂々としていればなんとかなるっ……！）

フラッドは背筋を正して大きく息を吸った。

「まず最初に聞こう、何故私がここにいると知っていた？　帝国でも最重要機密事項だぞ？」

「蛇の道は蛇と申しますれば」

その不敵な態度に、カリギュラは微笑を浮かべる。

「ふ、素直に答えるワケはないということか。お前は文官、それも内政型で、軍略には疎《うと》いと思っていたが、そうでもないのか？」

「そのような区分に意味はあるのでしょうか？　知は知、考えを巡らせることに、政《まつりごと》も戦も関係ありません」

「なるほど……。確かにお前の言うとおりだな。で？　なにが目的でここに参った？」

「単刀直入に申させていただきます。我が領地への侵攻をやめていただきたく（せめて他の領地にして）」

駐屯地にカリギュラがいたことを知っているだけでなく、王国への侵攻の第一目標をフォーカス領に定めていたことまで知られていた。と、カリギュラや幕僚たちは、どこまで情報が洩《も》れているのか？　そして、そこまで知っていて、なんのためにフラッドはやってきたのか？　と、幕内が騒然となる。

「命が惜しくないのか……？」「まさか……自身が殺されることも計算の内……？」「厄介

な……死兵であったか――」「目的はなんだ……？」

　ざわつく幕僚たち。

「……お前の覚悟のほどは分かった。が、だったとして、その裁量権は私にはない。帝国軍の進退は全て陛下がお決めになられるからだ」

「帝国が誇る女傑カリギュラ陛下がなにをおっしゃいます。皇帝陛下の決定を粛々受け入れるお方ですか（お前はそんなタマじゃないだろ）？」

　フラッドの無礼な物言いに幕僚たちが声を上げる。

「なんという無礼者だ！」「言葉が過ぎる！」「処刑すべきだ！」「衛兵!!」「待て、こやつの狙いはこれではないのかっ!?」

（やべっ！　やりすぎたかっ!?）

　前世の意趣返しも込めて強気に振る舞っていたフラッドだったが、幕僚たちの反応に内心冷や汗をかく。

「静まれ」

　カリギュラの言葉に幕僚たちが静まる。

　フラッドは涼しげな表情を浮かべているが、実際は冷や汗と動悸《どうき》が止まらず膝も震えていた。

「フォーカスよ、お前は王国の使者ではなく、単身で参ったと聞いているが？」

「はい殿下。私の信頼のおける侍女と、使い魔のみで参りました」

「……なるほど。だが、お前の願いは到底聞き入れられない。ならばどうする？　私と刺し違えるか？」

控えていた近衛兵《このえへい》が抜刀し、フラッドたちに刃先を向け、カリギュラの使い魔ロデムが立ち上がって威嚇する。

（ええ……⁇　俺終わった……⁇）

内心ドン引きするフラッドに、カリギュラが片手を小さく上げて近衛やロデムを制する。

「やめろ。こ奴《やつ》がそこまで短慮なものか。そうだろうフラッド、いや、フォーカス侯爵？」

「はい殿下。私ができることはただ誠心誠意、言葉を尽くすことだけでございます（マジでマジでだから殺さないでお願い土下座でもしますし喜んで靴も舐《な》めますから）。殿下、今一度お聞きします、我が領土への侵攻を、おやめいただくことはできませんでしょうか？」

「ふざけているのか？　侵攻されたくないのなら領土を差し出せばいいだろう？　お前は本当にそのために来たのではないのか？」

「はい。そのとおりです（本心）」

フッと笑うカリギュラ。

「戯言《たわごと》を、本心を言えフォーカス」

「殿下、私は全て本心で話しています。我が領地を差し出すことは難しいでしょう（カインは納得してくれるかもしれないけど、ゲラルトとか絶対裏切るだろうし……）。ですので、私の身を差し出させていただきます（ですから内通を受け入れてください。最悪亡命でもいいですから）」

肝心なところで言葉足らずなフラッド。

「ならば差し出してもらおうか――」

シュッ――！

「…………」

カリギュラは神速とも呼べる疾《はや》さで剣を抜き、フラッドの首に刃《やいば》を当てた。

あまりにも速すぎて、フラッドは何が起こったか理解していない。しかも殺意がなかったため、《生存本能》も発動しなかった。

「ふっ……顔色一つ変えぬとはな（本当に己が身が可愛《かわい》い者なら、ここで命乞いの笑みか顔を青褪《あおざ》めさせるものだが）――」

微笑を浮かべつつカリギュラは剣を納める。

（えっ⁉　俺今殺されかけなかった⁉）

フラッドは今自身が殺されかけたことを一拍遅れて理解するも、逆に驚きすぎて表情が死に、真顔のままだったので、誰の目にも一切動揺しているようには映らなかった。

「（やっべ！　なにか言わないと……！）そもそも、武人としての誉れ高い貴女《あなた》が、そして帝国が、飢饉で弱った国を攻め、勝ったとして、それが誉《ほまれ》に、勲《いさお》になるというのでしょうか？」

「ふん、それには私も同意するところだが、戦に綺麗《きれい》も汚いもない。誉や勲などというものはな、あれば得。程度の付属品に過ぎん」

そう言って再び椅子に腰かけるカリギュラであったが、内心ではフラッドに一泡吹かせられた思いだった。

（やられたな……。ここでフォーカスを殺せば、王国に侵攻すると宣言するようなもの。引き止めても捕らえても同じ。今回のドラクマ王国侵攻作戦の要は、奇襲からの一点突破にあった。が、この男はそれも想定内だろう。防備を固められてはそれも叶《かな》わない。バカ領主だと侮《あなど》り、フォーカス領を攻撃目標としたが、魔獣撃退や家令成敗、飢饉対応のことをもっと加味するべきであった……。だがこの男、ここまで腹芸ができるとはな……。それにしても驚くべきはその胆力だ。自分の命すら駒にするとは並みではない――）

カリギュラは（勘違いではあるが）フラッドほど覚悟の決まった忠臣に出会ったのは初めてで、感動する思いだった。

「王国には（お前ほどの者が）そこまでする価値があるのか？」

「はい。全ては己が身可愛さのためです（自分の命が一番大事）」

勘違いしたままのカリギュラはまだ本音を明かさない（勘違い）フラッドに、畏敬の念すら抱きかけていた。

「ふっ、それが本心ならお前はすぐさま処刑だ。そうなれば、お前は王国内ではどう呼ばれると思う？」

「売国奴として末永く汚名が残ることでしょう（なに当たり前のことを……うん？　もしかして俺処刑される流れ?!）」

「（まさか失敗したとき一人で泥を被《かぶ》るため、死よりもよほど勝る、一生の汚名を覚悟で単身で、ここまで来たというのか……）驚くべき男だな……」

二人の勘違いは何故《なぜ》か上手《うま》くかみ合いすぎていた。

「いいだろう、お前ほどの男を、このような場で殺すには惜しい。しかし、最初に言ったとおり、この侵攻を取り止《や》める決定権は私にはない。だが、帝都の皇帝陛下に、今回の侵攻は取り止めとしてもらうよう、上奏してやろう。その代わり、その返書が届くまではここに逗留《とうりゅう》してもらう。いいな？」

カリギュラはここでフラッドを殺して、フラッドの弔いと復讐《ふくしゅう》に燃える戦意高揚なフォーカス領や王国軍に、勝利できるかも未知数な戦を仕掛けるよりも、フラッドを生かして恩を売るという確実な利を選んだ。

「はい、殿下のお心遣い心より感謝いたします（えっ？　俺の亡命はどうなったの⁇）」

そこで今まで黙っていたヴォルマルクが待ったをかけた。

「姉上お待ちください！　何故このような者の口先だけで、陛下の方針に異を唱えようとなさるのです⁉　この者は自分の命が惜しいだけの売国奴でございますぞ‼」

カリギュラや幕僚たちは、ヴォルマルクがフラッドの真意を読めない愚か者。と冷ややかな視線を送ったが、実際はヴォルマルクがこの中の誰よりも、フラッドのことを理解していたのだった。

（なに本当のこと言ってんだこのバカ皇子⁉　いい奴だと思ってたのに‼）

「はぁ……。いつも注意しているとおりだ。お前は思慮が足りん。どこをどう見ればフラッドがただの売国奴に見えるのだ？」

「姉上っ！　お言葉ですが、こ奴はこの程度のはした金が賄賂になると思っているような、愚物ですぞっ⁉」

ヴォルマルクがフラッドの手持ちの金全てが入った革袋を突き出し、幕僚がそれを受け取りカリギュラに見せる。

「フォーカス、聞くが、これは今お前が持つ全財産か？」

「はい。疑われるのなら、満足行くまでお調べください（やっぱり額が足りなかったか……）」

カリギュラがため息を吐《つ》いてヴォルマルクを見た。

「はぁ……。ヴォルマルク、お前はこれをどう思った？」

「大バカ者かと、最初は侮辱されているかと思いましたが……」

「バカ者はお前だ。このはした金は賄賂ではなく、帰路を考えていない。命を懸けている。という意思表示だ。その程度も分からんのか？」

（えっ⁉　そんな意思表示してないが⁉　普通に帰りたいし‼）

意表を突かれた表情を浮かべるヴォルマルクとフラッドであったが、納得できないヴォルマルクが食い下がる。

「おっ、お言葉ですがこの者はそこまで深く考えてはおりませんぞ……っ！」

失望したような表情を浮かべると、カリギュラは手を振った。

「もういいお前は下がれ……頭が痛くなってくる——」

「しっ、失礼します……っ」

ヴォルマルクはフラッドに対する怒り心頭といった様子で下がっていった。

「愚弟が失礼したフォーカス。いや、フォーカス卿《きょう》。我がカリギュラ・マルハレータ・ビザンツの名にかけて、この陣中にいる内は、兵や愚弟が其方《そなた》たちに無礼のないよう、よく言い聞かせておく」

「ありがとうございます殿下（よく分かんないけど、なんか上手くいったぞ！）——」

フラッドは本人も意図せぬところで、奇跡的なほど物事が上手く進むのであった。

第十六話　「残されたちとジャガバター」

フラッドが『ちょっと出かけてくる』とだけ書かれた書置きを残して蒸発したため、フォーカス邸は大騒ぎになっていた。

「フラッド……いったいどこへ……？」

「国境付近で、エトナ殿とディーを伴った、フラッド様らしき者を見た。という兵の情報がありますが……」

フロレンシアの呟《つぶや》きにゲラルトが応える。

「まさか王国に愛想《あいそ》を尽かして出奔……っ？」

「大丈夫ですよ殿下。フラッド様はそのようなお方ではありません」

よろめくフロレンシアをサラが支える。

「母さんの言うとおりです殿下。おそらくフラッド様は出奔されたのではなく……実際はその真逆でしょう……」

「……どういうことですの？」

カインの言葉に皆が首を傾《かし》げる。

「実は……フォーカス領諜報《ちょうほう》班により、帝国が、ここフォーカス領へ侵攻する可能性がある。という情報が入っていたのです」

「まことかっ⁉」

ゲラルトが驚く。

「……はい。フラッド様の行方を追わせた間諜《かんちょう》からの情報なので、遅きに失しているのですが……」

自分などとは比較にもならない天才であるフラッドのことだ、きっと自分では想像も及ばない深いお考えがあるのだろう。現に、帝国がフォーカス領へと侵攻せんとしていることを、間諜も使わず見抜かれておられた。と、カインは思っていた。

「ですが、それとフラッドが直接帝国領に出向くことと、どう直結するのです？」

フロレンシアの言葉に、答えようか答えまいか、という表情を浮かべるカイン。

「構いません。腹蔵《ふくぞう》なく申しなさい」

「はい……。きっとフラッド様は、この地が帝国から奇襲攻撃を受けた場合の、殿下の身の安全及び、間諜による、殿下の誘拐を危惧されたのだと思います……っ」

カインの返答にフロレンシアだけでなく、一同がハッとする。

「フラッド様は、自身の命を懸け、帝国の侵攻を止めるために……っ！　それも、交渉が失敗した場合のことも考慮なされ、王国の使者ではなく、個人として帝国へ向かったのだと思われます……っ！」

「だ、だが、そうだったとして、殿下や我々へ、内密に打ち明けることもできたはず」

「そこまではボクには分かりません……。フラッド様のことですから、きっと深いお考えあってのことでしょう……」

「ではフラッドは私《わたくし》のせいで……？　私がここへ押しかけてしまったからフラッドは……？」

責任を感じ、顔面を蒼白《そうはく》にするフロレンシアにカインが首を横に振る。

「違います殿下。フラッド様は王国の忠臣。王国、陛下、殿下の安全を第一に考えます。どのみち帝国が侵攻してくれれば、殿下がどこにおられようと、結果は同じ事になります。ですからフラッド様は、先手を打って帝国へ赴かれたのでしょう……。もし自分が帰ってこなかったら、処刑されたら、帝国が王国へ侵攻することの証明である。と――」

無論、当人であるフラッドは、そんな難しいことを微塵《みじん》も考えていなかった。

「では……我々が今すべきことは……」

「はい……帝国との国境及び、領内全体の防備を固め、厳戒態勢を敷くことです」

「承った……フラッド様……」

「ああフラッド……無事に帰ってきて……っ！」

フロレンシアはフラッドの献身に心打たれ、もし再会することができたら、絶対に自身の婚約者になってもらう。

それが無理なら王女の座を辞し、フラッドの妾《めかけ》にしてもらう。その覚悟を決めるほどフラッドに惚《ほ》れ込んでいた。

そうしてフォーカス邸の一同は、皆フラッドの無事を祈るのであった。


帝国軍駐屯地――

「なるほど……アリの子一匹通れない。と――」

間諜からの報告を聞き終えたカリギュラが、少しだけ愉快気に頬杖《ほおづえ》を外す。

「はい。さらには、フォーカス領に送った斥候や間諜が、多く捕らえられています」

「敵ながら見事な対応だ。それで？　向こうはなにか要求してきたか？」

「いえ。捕虜が尋問や拷問にかけられることもないようでして、ただ立札がフォーカス領内に設置され『報復する事態にならないことを望む』と、記されているようです」

「なるほど……。フォーカスに何かあれば絶対に許さぬ。というワケか……。ふふっ、フォーカスの後任も有能だが、フォーカスは噂《うわさ》以上に愛されているようだな……」

「おっしゃるとおりでございます」

「ふふっ……愉快だ。久しぶりにな」

カリギュラは楽しそうに笑みを浮かべた。


フラッドの幕舎——

フラッド専用に用意された幕舎には、専属の使用人と警備兵がつき、食べ物や飲み物に困らぬよう、三食以外にも、希望すればいつでも食事や酒が用意されるようになっていた。

「それにしても、本当に上手《うま》くいくとは……。びっくりです」

【私もだ。絶対失敗すると思って、いつでも戦えるようにしていたが、無駄になったな】

「前世の記憶もあったし、口先だけは得意だからな」

「ちなみに、ダメだった場合は、どうしようと思ってたんです？」

「はっはっはっエトナ、戦う前から負けることを考える奴《やつ》がいるか？」

【だめだこりゃ】

「安心しました。いつものフラッド様ですね」

もしかして有能に覚醒したか？　とほんの少しだけ思っていたエトナとディーであった

が、いつもどおりのフラッドで安心した。

【もしや……と思ったが、主《あるじ》に限ってそんなことあるワケないな】

「はっはっはっ！　二人ともそう褒めるな！　褒めてるよね……？」

「いるかフォーカス？」

「おひょいっ！」

突然現れたカリギュラに驚き奇声を上げるフラッド。

「おひょい？」

「き、気のせいでございましょう。と、ところでいかがされました殿下（突然くるなよ死ぬほどびっくりしたわ）」

近衛《このえ》がカリギュラの椅子を用意し、そこへ腰掛けるカリギュラ。

「なに、腹の探り合いに来たのではない。個人的に、お前に興味が湧いたのだ。だから雑談でもしようかと思ってな」

「なるほど、光栄です（話すことなんてないよぉ……帰ってょぉ……）」

「なにか不足しているものはないか？」

特にない。と、言いかけて、フラッドは一つだけある不満を話題にもなるかと、思い切って言うことにした。

「そ、それなら……。ジャガイモ料理が一品もないことが不満です」

「あるわけないだろそんなもの。誇りある帝国軍人に、豚のエサなど食わせられるか」

即座に一蹴され、少しイラッとするフラッド。

「……殿下は、ジャガイモを食されたことはありますか？」

「愚問だな。私は豚のエサなぞ食わん。お前たちとは違うのだ」

「……と、おっしゃいますと？」

「いくら飢饉《ききん》時とはいえ、平民はともかく、貴族まで豚のエサを食って生き延びた。と、いうではないか。ドラクマ貴族には尊厳というものはないのか？」

この言葉は、ジャガイモを命の恩人と想《おも》うフラッドの逆鱗《げきりん》に触れた。

（あ、マズい）

（マズいな）

エトナとディーが止めようとするよりも早く、フラッドは口を開いていた。

「殿下、今の言葉、お取り消しを」

「……なに？」

「確かに、豚のエサを食べてまで生き延びるのか、誇りある死を選ぶか、人それぞれありましょう」

「だろう？」

「ですが、それが本当に豚のエサだった場合です。ジャガイモが豚のエサであるというのは、一面でしかありません。その理屈を当てはめるなら、トウモロコシや麦は鳥のエサにもなりますが、パンやトウモロコシを食して、人としての尊厳を問われますか？」

「………問われんな」

フラッドの剣幕に、少し気圧《けお》されるカリギュラ。

「ジャガイモは豚のエサにあらず。むしろ唯一神サク＝シャが作りし、神の食物なのです。今回の飢饉でも証明できましたとおり、ジャガイモにはあらゆる可能性が秘められています。だというのに、豚のエサとしてしか活用してこなかったことは、人類の大きな過《あやま》ちであり罪なのです。今回の飢饉を救ったのも、私ではなくジャガイモ。このフラッド、ジャガイモへの侮辱は許せません」

カリギュラは静かにフラッドの持論を聞いている。

「我等《われら》は愚かにも、飢饉という非常時において、やっとそのことに気付きました。が、どうやら帝国はまだ目が曇っているご様子。私が啓蒙《けいもう》して差し上げましょうか？」

「なるほど、大したものだ。私を前に、そこまで大見得を切れる者は多くない。しかし、ジャガイモの有用性は理解できたが、問題は味だ。美味《うま》いのか？」

「無論、調理法にもよりますが、パンにも米にも後れを取りません。豚のエサにしていることを後悔することでしょう。せっかくの機会です、殿下にもぜひお召し上がりいただきたく」

「貴殿ッ！　いくら客人とはいえ見過ごせぬぞ！」「殿下に豚のエサを食させるつもりかっ！」「無礼千万！」

「静まれ」

殺気立つ近衛をカリギュラが制する。

「しかし近衛の言うこともっともだ。フォーカス、私に豚のエサを勧める以上、お前は相応の覚悟をしているのだろうな？」

「ええ、この舌を懸けましょう」

「フラッド様落ち着いてください。とんでもないこと口走ってますよ」

【そうだぞ主よ、美味い不味《まず》いは個体差が大きいだろう。そんなものに自身を懸けるな】

エトナとディーは小声でフラッドに忠告するが、ジャガイモ愛に燃えるフラッドは二人の声が聞こえていなかった。

「よろしい。ならばお前の言うとおりに調理し、食そう。不味ければお前の舌を切り落とす。いいな？」

否《いな》。と、フラッドは首を横に振る。

「よくありません。美味と感じた場合は、ジャガイモへの暴言を訂正していただく。それが私の条件です」

また声を上げようとする近衛たちを、片手を上げて制するカリギュラ。

「……いいだろう。だがこの陣中にジャガイモはないぞ？」

「問題ありません。私の手持ちがまだ残ってますので」

フラッドはジャガイモを取り出してカリギュラに見せた。

「……このような場面を想定していたのか？」

「まさか、ジャガイモは非常食にもなるので、備えとして持ってきただけです」

「おい、炊事長を呼べ」

「はっ！」

やってきた炊事長が、フラッドからジャガイモを受け取って説明を受ける。

「ジャガイモに付いている土を綺麗《きれい》に洗い落として、芽があれば取り、蒸《ふ》かして芯まで火がとおったら持ってきてほしい」

「……それだけでよろしいのですか？　皮もむかないで？　火加減の調節も必要ないのですか？」

「大丈夫。皮つきのまま蒸かすだけでいい。あと、できれば出来立てを持ってきてくれ。冷えても美味いが、熱いほうがより美味いからな」

「かしこまりました」

フラッドがカリギュラへ視線を向ける。

「味は塩だけでも十分なのですが、できればバターと胡椒《こしょう》があれば嬉《うれ》しいです」

「陣中における嗜好品《しこう》を、豚のエサに使えと？」

「殿下にとって私の舌は、バターや胡椒以下なのでしょうか？」

フラッドの返答にカリギュラが微笑を浮かべる。

「ふん、いいだろう。持ってこい」

「ありがとうございます」

炊事長がフラッドの言ったとおり、土を洗い落として芽を取り、中心まで火が通ったアツアツのジャガイモと、バターと塩と胡椒を持ってくる。

「このアツアツのジャガイモに、十字の切れ目を入れ、その中心にバターを落とし、塩胡椒を適量振ってくれ」

「は……はい……」

言われたとおり炊事長が切れ目を入れ、バターを乗せ塩胡椒を振る。

「完成です。名付けてジャガバター。当家の料理長が考案したジャガイモレシピの中でも、三本の指に入る味です。どうか冷えないうちにお召し上がりください」

「失礼します」

近衛がジャガバターの載った器を受け取り、嫌悪《けんお》感をなんとか隠しながら毒見する。

「……‼」

だが、ジャガバターを食べた近衛は、その美味さに思わずといったように驚きの表情を浮かべ、即座に表情を戻し、改めてカリギュラに差し出した。

「ふむ……香りは悪くないな……。しかし豚のエサと思うと、この私でも手が止まってしまう……」

切れ目から湯気を立てるジャガバターは、ジャガイモと溶けたバターと胡椒の風味が合わさって、実に食欲をそそる香りを漂わせている。

「殿下、もし不味ければ、舌だけでなく如何様《いかよう》な罰でもお受けしましょう」

「ふー……。では、フォーカスの覚悟に応えよう――」

カリギュラは、溶けたバターがたっぷりかかったジャガイモをフォークで刺すと、口に運んだ。

「…………」

言葉もなく、静かに咀嚼《そしゃく》して嚥下《えんか》する。

その様子をフラッド一行や近衛、炊事長が息を飲んで見つめている。

「……悪くないな。口の中でとろけて混ざり合う、ジャガイモとバターの食感、さらにそこへ胡椒が加わった風味、素材の味を引き立たせる塩味、全てが高次元でまとまっている――」

カリギュラの絶賛とも言える感想に、近衛たちや炊事長は唖然《あぜん》とした表情を浮かべる。

「私の処遇は？」

フラッドの言葉に、カリギュラは無言で二口目を口に運び、よく味わって嚥下する。

「…………ふぅ。フォーカス卿《きょう》の言うとおりであった。前言を撤回しよう。このような食物を豚のエサにするのは、人類に対する大いなる損失だ」

「ありがとうございます――」

フラッドは頭を下げ、近衛たちを見た。

「殿下、これも何かの縁。この場に居合わせた者に、ジャガイモの汚名返上する機会をお与えいただきたく……」

「うむ、そうだな。お前たち、これを食べろ」

「「「えっ⁉」」」

　カリギュラの命で炊事長が新たに人数分のジャガバターを作り、半ば無理やり食べさせられた近衛《このえ》と炊事長であったが、一口食べた瞬間、皆自身の考えを改めることになった。

「美味い……」「なんだこれは……」「何故《なぜ》これを豚に食わせていたのだ……？」「ただ蒸かして調味料をかけただけでこの美味さ……」

　この日、フラッドの活躍でカリギュラ率いる帝国軍の中で、ジャガイモが権利を得たのであった。

第十七話　「使い魔バトル」

「フォーカス、ジャガバターを持ってきたぞ」

　部下にジャガバターを持たせたカリギュラが、近衛やロデムを引き連れ、気軽な様子でフラッドの幕舎を訪れた。

「ありがとうございます殿下。しかし、わざわざ殿下もご一緒に？」

「分かっているだろう。お前に食わす名目でもなければ、私が食えんからな」

「お察しいたします」

　第一皇女であるカリギュラは、帝国内にも敵は多く『仮想敵国の使者の勧めで豚のエサを食べはじめた』と、政敵を利させるワケにはいかないため、こうしてフラッドへ作らせる名目で、自身が食べる分を確保していた。

　フラッドもジャガイモを好む者に悪人はいない。という謎の持論を持っていたので、カリギュラへの恐怖や、前世での恨みも薄れ始めていた。

「ふぅ……。やはり美味いな……」

ジャガバターを食べ終えたカリギュラが、布巾で口を拭う。

「他にもこれより美味《うま》いレシピがあるのか？」

「ございます」

「それを教えよ」

「では領へ戻ったら、レシピをお送りします」

「うむ。礼を言うぞフォーカス。ところで、一つ気になっていたのだが、その白イタチはお前が直接戦ったと噂《うわさ》の使い魔か？」

フラッドの肩に乗っているマスコット形態のディーへ、カリギュラが視線を向ける。

「そうです」

「噂では、熊ほどの巨体で鋼鉄を容易《たやす》く斬り裂く爪牙《そうが》を持つ、と聞いたが、とてもそうは見えんな……」

【人も魔獣も、見た目だけで判断すると命取りになるぞ。娘】

「魔獣風情《ふぜい》がっ‼」「口に気をつけろ‼」「殺ス――」

呆《あき》れたようにカリギュラが近衛たちを制する。

「よせ、毎回毎回お前たちも飽きないな。それよりも、その魔獣は喋《しゃべ》るのか？　頭はいいようだ」

ロデムを撫《な》でるカリギュラに、ディーが続ける。

【頭だけでなく、腕も立つぞ。お前が今撫でている黒猫よりよほどな】

「……ロデムを侮辱したか？」

カリギュラの怒気を察したロデムが立ち上がり、臨戦態勢をとる。

「…………」

二人きりや親しい者といるときは、フラッドに容赦のない毒を吐いたり、ツッコミを入れたりするエトナであったが、こうした人前では従者として振る舞い、フラッドを立てる行動をするため、今回は黙ってフラッドの後ろに控えている。

【ほう、その黒猫、思ったよりも忠義者のようだ】

「フォーカス、ここでどちらの使い魔が優れているか、試してみないか？」

「(絶対ディーが勝つから）気は進みませんが、殿下が望まれるのなら……」

「なに、殺しあうわけではない。一撃でいい。人だろうが魔獣だろうが、それで実力を知れる」

またディーが先に答える。

【いいだろう、受けよう。ロデムとやら、光栄に思え。この魔獣の王たる私が胸を貸してやる】

「ふふっ、威勢のいいことだ。聞いたなロデム？　一撃で仕留めてみせよ」

【ガウッ‼】

ロデムが咆哮《ほうこう》を上げる。

「おいっ、ディー。間違っても殺すんじゃないぞ……っ！」

フラッドがディーに耳打ちする。

【分かっている主《あるじ》よ。だが私も舐《な》められたままではいられないからな】

「だがお前も死ぬなよっ……！　自己防衛のためなら……最悪やっちゃってもいい……っ！」

【……本当に面白い男だな主は】

ディーは変身を解かず、マスコット形態のままロデムの前に立った。

二メートル近いロデムに対し、ディーは頭の先から尾の先まで含めても四十センチほどしかなく、誰の目にも勝敗は明らかだった。

【ハンデだ、合図は娘に任せる】

「ふっ、舐められたものだ。が……帝国は利用できるものはなんでも利用する……。始め――ッ！」

【シャア――ッ‼】

「………」

ロデムから放たれた、普通の人間なら認識できないほど疾《はや》い、鋭利な右前足爪の一撃を、ディーは躱《かわ》すことなくその体で受け止めた――

ギャリッ――‼

火花が散り、無傷どころか、一ミリも動かされていないディーが深紅の双眸《そうぼう》を光らせ、ニヤリと笑みを浮かべた。

【⁉】

動きを止めるロデム、皆がその視線の先を見るとその爪が欠けていた。

【次は私の番だな、黒猫――】

ロデムが距離をとろうとするも、ディーは一瞬で間合いを詰め、その顔面に右前足で爪を使わない掌打を放った。

【ゴア――ッ⁉】

掌打がクリーンヒットしたロデムは、陣幕を突き破りながら吹き飛んでいった。

「そこまで！」

【安心しろ、ちゃんと骨にも牙にも影響がないよう調節した】

「ちょっとキミやりすぎじゃない……っ⁉」

「いや、フォーカス、挑んだのはこちらだ。お前にも使い魔にも非はない」

そう言いつつ、流石《さすが》のカリギュラも慌てたように近衛と共に幕舎を後にする。

ロデムは顔を腫らしていたが、無事だった。

「驚いたな……確かにお前の言うとおりだった、ディーとやらよ。ロデムの爪は鎧《よろい》すら貫通するというのに」

【私の体は鋼鉄の刃物や矢をとおさない】

「……そのようだ。しかし、これほどの魔獣をお前が倒したというのか？　フォーカス？」

「はいおそらく（記憶にはないけど）」

【娘が驚くのも無理はない。この長い生の中で、私が負けたのは主だけだからな】

「流石よな。お前たち、ディーに勝てる者はいるか？」

近衛たちの誰も名乗りを上げなかった。

「ますますお前という男に興味が出たぞ、フォーカス。次は私たちで立ち合いをしてみるか？」

カリギュラの魔法の強さと剣の腕は有名であり、フラッドは絶対拒否したいが、ここで慌ててはいけないと自分に言い聞かせ、余裕のある表情を浮かべつつ、首を横に振った。

「殿下、私は暴力を好みません。お許しいただければ幸いです（勝てるわけないから勘弁して）」

「ふむ……。いたずらに自身の武を誇示しない。か……、お前は本当の強者のようだな」

「いえいえ、滅相もない。ただ臆病なだけでございます（本音）」

「ふふっ、そうか……。ならば、そういうことにしておこう」

楽し気に笑みを浮かべるカリギュラに、幕舎に入って来た近衛が耳打ちする。

「ふむ……お前との楽しい時間もここまでのようだ」

そう言ってカリギュラは近衛を連れ幕舎を後にし、今到着した皇帝の使いから返書を受け取り、フラッドの幕舎へ戻った。

「陛下より返書を賜った。此度《こたび》の王国攻めは中止とする。とのことだ」

「……ありがたく思います。フラッド・ユーノ・フォーカス、この御恩は忘れません（あれ？　俺の内通の件はどうなったの……？）」

疑問に思いつつも、なんか上手くいった。と、胸を撫で下ろし深く頭を下げるフラッド。

「当たり前の話だが、これは非公式なものだ。そもそも、帝国が王国に侵攻する予定があった。などと認めるワケがない。故になんの有効性もない空手形。言ってみれば、ウソということもありえる」

バカなフラッドは、そういう駆け引きや難しいことはよく分からないので、とりあえずジャガイモ好きの同志として、カリギュラを信じることにした。

「いえ、私は殿下を信じます」

「ふっ、バカな奴《やつ》だ。が、悪い気はしないな」

「このまま帝国と王国が、盟を結べるような関係になることを望みます」

「ふっ、それは無理だ。帝国は全てを飲み込み、この世界《テラー》を統一する。それが我等《われら》の大望だからだ」

「ならば、友好でいられる内は誼《よしみ》を通じましょう。今日の友は明日の敵だったとしても、友であった事実は変わりませんから」

「そうだな……久しぶりに抱いた感情だ。私が戦場以外で会いたいと思った男。それがお前だ」

「光栄です殿下。お達者で——」

「お前もなフォーカス——」

二人は固く握手を交わした——

フラッドが領地へ帰った後——

「姉上！　どうしてフォーカスを生かして帰したのです⁉」

ヴォルマルクが血相を変えてカリギュラの幕舎へ入ってくる。

「分からんか？　これは陛下の命でもある。王国への侵攻が予測されている以上、今の兵力では勝てん。ならば、不確実な戦を仕掛けるよりも、確実な恩を売っておく。フォーカスは頭が回る義理堅い男だ。悪くは転ばんだろう」

「それは買い被《かぶ》りというものです‼　あの男は自分の身が一番可愛《かわい》い小物ですぞ‼」

フラッドの人間評において、実は誰よりも正鵠《せいこく》を射ているヴォルマルクであったが、カリギュラや幕僚たちは呆れたような表情を浮かべた。

「それがお前という男の器量だ。皇子ならば、もっと思慮深く腹芸を身につけろ。少しでもフォーカスのような男を見習え。表面上は愚かでも、内心では熱い炎を秘める男をな」

「ぬっ……ぐぐっ……！　失礼致す……ッ！」

ヴォルマルクは砕けそうなくらい歯を食いしばって、フラッドへの憎悪《ぞうお》を漲《みなぎ》らせ幕舎を後にした。

第十七・五話「可愛いエトナ」

王国と帝国の国境付近を、フラッドたちは一頭の馬に乗って移動していた。

手綱をフラッドが握り、その肩にはマスコット形態のディーが乗り、エトナがその後ろでフラッドの腰に腕を回している。

【悪いが私は一旦外させてもらう。コムネノスの魔獣の長《おさ》から連絡があってな】

「分かった。気を付けてな」

【ああ】

そう言ってディーが離脱した。

「しかし今回はなんか知らんが上手《うま》くいったな！　帰るまでが遠足だからまだ気は抜かないが！」

「刺客に襲われるかもしれませんからね」

「わぉっ！　めっちゃ縁起でもないこと言うじゃん?!」

「なんか無駄にテンション高いですね……。まぁ、色々な意味で大丈夫だと思いますけど」

「そりゃテンションもあがるだろう！　なんか上手くいったんだから！」

「ですね。ジャガイモに舌を懸ける。とか言い出したときは、どうなるかと思いましたけど」

「あれは自分でも熱くなりすぎたって、反省してる」

「ホントですよ。二度としないでくださいね。流石にヒヤッとしました。メッ！　ですよ、メッ！」

「はい……ごめんなさい」

素直に謝るフラッド。

「分かってくれたならいいですけど」

素直に許すエトナ。

「ヒヤッとした瞬間で言えば、俺的にはディーだな。正直アレが一番寿命縮んだ」

「確かにそうですね」

冷静仲間だと思っていたディーがカリギュラを挑発しだしたので、流石のエトナもそのときは驚きを禁じ得なかった。

「まぁ、侮《あなど》られるのは、ディーの矜持《きょうじ》的に受け入れられなかったんだろうから、仕方ない。結果よければそれでよしだ」

「そういうとこ、フラッド様の美点ですね」

フラッドはなにも深く考えていないだけであるが、こういったときにはとても鷹揚《おうよう》で懐《ふところ》が深く見える男であった。

「なっ、なんだエトナ、褒めたってなにも出ないぞっ」

急に褒められてニヨニヨするフラッド。

「出さなくていいですよ、求めてませんから。でも、あの魔獣クロヒョウ……確かロデムでしたっけ？　ディーに殴り飛ばされたとき、爽快というよりもちょっとかわいそうでしたよ」

「だな。だが、自然界的に言えば強者は絶対。ディーの実力を測れなかったロデムが悪い。手加減のおかげで大きな怪我《けが》も負わなかったようだし、いい経験になっただろう」

「皇女カリギュラも、ですね」

「だと思う。けど、ディーの可愛さもいけないな。あんな愛らしい見た目じゃ誰でも騙《だま》されるぞ」

「ですね。情報がなければ、あんな凶悪な戦闘能力があるなんて、誰にも分かりませんよ」

「女傑と名高いカリギュラ殿すら惑わすディーの可愛さ……。末恐ろしいな……」

「……………」

ディーの可愛さについてはエトナも異論なかった。

「そうだ、話題ついでに、皇女カリギュラについてはどう思います？」

「うん……？　そうだな……怖い。だが、ジャガイモ好きの同志だから、嫌いじゃない」

「なるほど……。殿下と比べてどうですか？」

「殿下⁇　フロレンシア殿下のことか⁇」

「はい」

「そっ、そうだな。急に言われてもアレだが……うーん……」

手綱を握りながらフラッドが考え込む。

「一見して性格や人間性は対極だが、芯というか……我の強さは同じくらいだと思う。結構似た者同士というか、立場が違えば、意外と友人として仲良くなれるんじゃないか？的な……？」

「へぇ。意外な評価ですね」

「うん、やっぱりあの二人はウマが合うと思うぞ」

「ではサラさんは？」

「サラっ？　なんでサラ？」

「別にいいじゃないですか、質問に答えてくださいよ」

エトナが急《せ》かすように、回した腕にグイグイと力を込める。

「あ、ああ。サラか……。そうだな……完璧な女中長。という表現が相応《ふさわ》しいと思う。礼儀作法、気遣い、愛嬌、どれをとっても隙がない。それでいて、優しく温かで包容力もあるし、カインもそうだが、人を動かすのではなく、自然と人を動かせる達人だ」

「ベタ褒めじゃないですか」

「そうだな」

フラッドの背後でエトナは少しだけ頬を膨らませていた。

「まぁ、いいですよ。よく分かりました。で？　フラッド様的には誰が一番タイプですか？」

しれっと言ったエトナであったが、フラッドの背中を見るその瞳は真剣だった。

「タイプ？　うーん……。強《し》いていえばサラ？」

「強いられなければ？」

「みんな違ってみんないい」

「そんな玉虫色の答えは聞きたくないので結構です」

「本心なんだから仕方ないだろう……」

「分かってますけど、八方美人な態度にはイラッときますね。ちなみに私は？」

「無二。唯一無二。エトナが一番。エトナがいればあとはなにもいらない」

予期していなかった即答に不意を突かれ、次第に顔が赤くなるエトナ。

「………」

「？　どうしたエトナ？　大丈夫か？」

急に無言になったエトナを心配するフラッド。

「それはずるいですよ……」

消え入りそうな声で呟《つぶや》くエトナ。

「うん？　なんて言った？」

エトナは答えず、無言でフラッドの背中へ顔をグリグリと押し付けたのであった。

フォーカス領――

「帰ったぞー！」

「フラッド!!」

屋敷《やしき》へ入るなりフロレンシアから熱い抱擁を受けるフラッド。

「殿下（裏切ろうとしたってばれてないよね……？）……」

「フラッド様……！　無事に戻られたということは……帝国との交渉は成功なさったのですね……っ！」

カインは涙ぐんでいる。

「ああそうだ。非公式ではあるが、第一皇女のカリギュラ殿から、皇帝の認可の下、今回の侵攻を中止することを約束してもらった（なんで知ってるんだ？）」

「流石《さすが》ですフラッド様っ……！」

「おお……フラッド様……!!　このゲラルト、命ある限りどこまでもついていきますぞ……っ!!」

「フラッド、貴方《あなた》は英雄です。陛下からも非公式ではありますが、お褒めの言葉があることでしょう……！」

「あっ、ありがとうございます、殿下っ！」

フラッドは屋敷の皆から一通り称賛されると自室へ戻った。

「庶民にはなれなかったが、これで早々死ぬことはなくなったはずだ……。どうだエトナ？　やり直す必要なんかなかっただろう？」

砂糖たっぷりのミルクティーを飲みながら、フラッドが一仕事終えた顔でエトナを見た。

「いや、フラッド様の今までやってきたことって、普通にやり直しなのでは……？」

第十八話「慢心と急襲」

「はっはっはっ！　愉快愉快！　いつもならイヤになることでも、今ならまったくイヤにならん！　世界が輝いて見えるぞ！」

　フラッドは大笑いしながら揚げジャガイモ片手に、書類へハンコを押していた。

「絵に描いたような有頂天ぶりですね……」

「これが喜ばずにいられるか⁉　やり直さず、俺は前世での死因を全て乗り切ったんだ‼　これで俺もエトナもしばらくは大丈夫だ！　後は折を見て庶民になるだけ！　はっはっは‼」

「フラッド様が嬉《うれ》しいなら私も嬉しいですけど、だいたいこういうときって、上げて落とす展開になるんですよね……」

【うむ。最後まで調子に乗り切れた者は見たことがないからな】

「んぐんぐんぐっ！　ぷはぁっ！　美味《うま》いっ！　エトナ特製のブドウ果実水は格別だ！　おかわりっ！」

「少し蜂蜜を混ぜるのがポイントなんですよ」

エトナがフラッドのグラスに果実水を注ぐ。

「それでもちゃんと仕事をするあたり、フラッド様らしいですね」

【そうなのか？　主《あるじ》は必要なければ、仕事などサボるものかと思っていたが、根は真面目だったりするのか？】

「いえ、サボって大変なことになるのが怖いから、やってるだけです」

【なるほど、よく理解した】

「フラッド様大変ですっ‼」

珍しくカインが慌てた様子でノックもなく入室してくる。

「どうしたカイン？　そこまで慌ててお前らしくないぞ」

フラッドはカインをたしなめつつ果実水を呷《あお》る。

「帝国軍が我が領地へ侵攻してきました‼」

「ブ────ッ‼」

青天《せいてん》の霹靂《へきれき》にフラッドは果実水が気管に入ってせき込んだ。

「ゴホッゴホッ！　エアッ⁉　ファッ⁈　なんで⁉　どうして⁈」

「偵察の報告によると皇女カリギュラの姿はなく、どうやら総大将は皇子ヴォルマルクとのことです‼」

「なぁーにぃー⁉」

「事態は急を要します！　急いで軍議を‼」

「わ、分かった‼」

カインに急かされるまま部屋を出ると、屋敷のロビーにはゲラルトを始めとするフォーカス領の文武官たちが揃《そろ》っていた。

「あ、ああ……」

フラッドは急に前世の記憶がフラッシュバックし、視界が歪《ゆが》んだ。

（今回もダメなのか……？　結局皆敵になるのか……？）

足元すらおぼつかなくなる。

よろめくフラッドをエトナが支えた。

「……フラッド様、安心してください」

「え、エトナ……？」

「よくご覧になってください。皆の顔を……。これが、今回の生で、フラッド様が築かれたものなのです」

「俺が……築いた……？」

フラッドが集まる皆に目を向けると、皆はフラッドへ信頼の視線を向けていた――

「フラッド様‼　ご心配なされることはありません‼　我等《われら》は必ず勝ちます‼」

カインが叫ぶ。自分を心配そうに見つめながらも、強い力を宿すその瞳は、愛と忠誠が入り交じり、前世のように復讐《ふくしゅう》に染まってもいなければ、濁ってもいなかった――

「フラッド様、この老兵にも、やっと死に場所ができましたかな？」

ゲラルトがおどける。だがその瞳は死を覚悟した壮絶なもので、どのような命令でも受ける。という決死の忠義が宿っている――

「私たち女中一同は、フラッド様と生死を共に致します」

「「「フラッド様と生死を共に致します」」」

サラ始め、クランツの被害者であった女中たちがそう声を揃え、普段は身に着けていない短剣を帯びつつ、頭を下げる。

前世で自分のせいで死なせてしまったサラ・女中たちだが、皆の目は真摯に自分のことを思い、本気で生死を共にする。という覚悟が見えた――

「フラッド。貴方なら大丈夫ですわ」

フロレンシアがいる。第一王女、次期女王。前世で出会わなかった雲の上の存在。だが今は、ただの町娘のように、思慕の情を隠すことなく自分を見つめている――

家臣たちがいる。皆、自分へ信頼のこもった視線を向けている——

「「「フラッド様‼‼」」」

皆の声にフラッドは理解した。自分が今どういう立場なのか、信頼されるとはどういうことなのか。

「ああ……ああ……」

フラッドは初めて自覚した。人に信頼されるということを。その重さと嬉しさがどれだけ胸に迫るのかを。

フラッドはあふれる涙を隠すため、両手で顔を覆った。

「エトナ……っ。俺は……！　俺は……っ」

自分とエトナだけが生き残れれば、あとはどうでもいい。

終始一貫していたフラッドの行動方針、人生観が崩れる。

「大丈夫ですフラッド様。どのような結末になろうと、私は前世も、今世も、来世も、ずっとフラッド様と共にありますから——」

「ああっ……。すまない……エトナ……っ！　俺と……一緒に死んでくれるか……？」

「はい。喜んで、我が主」

エトナの返答に覚悟を決めたフラッドは顔を上げ、集まる皆を見渡し、握りしめた右手を突き上げた――

「皆、心配するな‼　この俺がついている‼」

「「「オオ――‼　フラッド様‼　フラッド様‼　フラッド様！！！」」」

大歓声が響き渡る。

「……二十年の時を経て……今、俺は……初めて……領主になれたのか――」

そうこぼす。

「はい。フラッド様は間違いなく、このフォーカス領の領主でございます」

エトナが頷《うなず》き、覚悟を決めたフラッドは階段を降り、作戦会議を始めるのであった。

時は戻り、コムネノス帝国軍駐屯地――

「陛下より召喚があった。私は帝都へ行く。ここの指揮権はお前に委任するが、くれぐれも浅慮な行動はとるな。分かっているな？」

「はい姉上。お任せください――」

ヴォルマルクが頭を下げ、カリギュラが駐屯地を後にする。

「殿下、お話が……」

自身の幕舎に戻り、一人で酒を飲んでいたヴォルマルクの後ろへ、音もなく一人のフードを目深《まぶか》に被《かぶ》った人物が現れる。

「お前か……。胡乱《うろん》な輩《やから》め。なんの用だ？」

「ご運が開けた殿下を、お祝いに参りました」

フードの人物はそう言って頭を下げ、貢物《みつぎもの》である黄金と宝石を差し出した。

「……ふんっ。お前の言いたいことは分かる。姉上のいない隙にフォーカス領を攻めろ、そう言いたいのだろう？」

「殿下は人の心を読むことができるのですね。まこと、名将、名君の器でございます」

「世辞はいい。正体も目的も分からん下郎だが、お前の言うことが外れたことはないからな。で？　勝てるか、俺は？」

「それは殿下が一番ご理解されていることと存じます。フォーカスは無能にて殿下は名将。王国兵は弱卒にて帝国兵は精強。ドラクマ国王は凡愚にて殿下は名君。どれをとっても、負ける理由がございませぬ」

「ふんっ。悪い気はせぬな」

「事実でございますので――」

ウロボロスのペンダントが光るフードの人物は、そうしてヴォルマルクを唆《そそのか》したのであった――

数日後・コムネノス帝国軍駐屯地――

時間が経《た》ち、カリギュラが駐屯地を後にし帝都に着いた頃、ヴォルマルクは駐屯地の将軍たちを集めていた。

「今より全軍をもってフォーカス領へと侵攻する‼」

その言葉に将軍たちが動揺・反対する。

「お、お待ちを、陛下は侵攻を取りやめるという決断をなされたはずではっ」「カリギュラ殿下からも慎重に行動するようにと……！」「本気でございますか……？」

声を上げる将軍たちをヴォルマルクが一喝する。

「今の最高責任者は俺だ‼　いいか、陛下や姉上がドラクマ王国・フォーカス領への侵攻を取りやめた理由は侵攻を察知されていたからだ‼　だが今ならば奴《やつ》らは油断している‼　そのうえフォーカス領領主は救えないバカ者だ‼　これぞ我等にとって絶好の機会、天祐《てんゆう》なのだ‼」

「しかし、フォーカス領領主は切れ者、油断は足を掬《すく》われますぞ……！」「非公式とはいえ侵攻をしないと明言した後では……」「勝てるのですか……？」

ヴォルマルクは愛刀を机に突き刺して声を張り上げる。

「俺に油断はない‼　陛下も姉上も実績を上げれば怒るどころか賞してくださるだろう‼　これは決定事項だ‼　我等はこの十万の軍をもって、ドラクマ王国フォーカス領へ一気呵《いっきか》成《せい》に侵攻する‼　反撃する猶予すら与えぬ‼　従わぬ者は斬るっ‼　将軍ならば俺に逆らうことではなく、どうすれば味方の損害少なく勝利できるかに頭を使え‼　分かったか⁉」

この中で、命を懸けてまでヴォルマルクへ諫言《かんげん》する者はいなかった。

「「「かしこまりました殿下‼」」」

ヴォルマルク率いる帝国軍は、すぐさま侵攻準備に取り掛かるのであった。

フォーカス領――

フォーカス邸は瞬《また》く間《ま》に作戦本部となり、ロビーには大地図が置かれ、フラッド、カイン、ゲラルトといった面々が作戦を練っていた。

「まずは殿下、早く王都へお戻りください。殿下の身になにかあれば、私は殿下にも陛下にも王国民にも、顔向けできません」

フラッドの言葉に、フロレンシアは首を横に振った。

「申し訳ありませんフラッド。ですが、この危急の事態だからこそ、私《わたくし》はこの地に留《とど》まるべきなのです」

　フロレンシアは芯の通った瞳でフラッドを見た。

「自惚《うぬぼ》れるわけではありませんが、第一王女たる私がいれば、兵の士気が上がります。それは勝利に繋《つな》がるものとなるでしょう」

「確かに……。一所懸命になれば、より強く、強固に兵は団結するでしょう」

　カインが頷き、フラッドはフロレンシアの覚悟を理解し、受け止めた。

「殿下、ならば、もうお止めはしません。ですが、もし敗色濃厚となった折には、強制的に王都へ送還させていただきます。よろしいですね？」

「はいフラッド。すべて貴方《あなた》の判断にお任せしますわ」

　微笑《ほほえ》むフロレンシア。

「敵は国境の砦《とりで》を陥落させ、この領都を一直線に目指しております。兵には遅滞戦闘を行うように徹底させましたので、領民兵を総動員するまでの時間は稼げるかと」

「兵糧《ひょうろう》と兵力の問題だが、持久戦ができるほどの蓄えはあるのか？　領民兵はどれほど集められそうだ……？」

「領兵と合わせて、総兵力は三万といったところです。問題なのは食料です……。ただでさえ飢饉《ききん》があったうえに、余剰分も援助に回してしまったため、余裕がありません……」

「なるほど……もっと言えば、この領都には大軍を防げるほどの防壁がない……。決戦を、行うしかないのか――」

フォーカス領領都であるアイオリスは拡張性を重視するため、強固な城壁や防壁というものがなく、あくまで野生生物や野盗を防ぐための高い壁、といえるようなものがあるだけで、とても籠城《ろうじょう》できるような造りではなかった。

「……はい。おそらくその場所は、ここ、チャラカ平原となるかと――」

カインが指したチャラカ平原は、平原と呼ばれているが、丘陵や林もある複雑な地形であった。

「ですが、こちらが三万に対し敵は十万、それも帝国軍ですぞ？　籠城もせず正面からぶつかり合うのは自殺行為です」

「たしかにゲラルトの言うとおりだ。が、貧弱な防壁を頼りに、飢えて籠城するのは下策だろう……」

「ここは領都を捨てる、というのはいかがでしょう？　隣接領に避難し、戦力を結集し叩《たた》く。というのは？」

ゲラルトが防壁の厚い他領を指す。

「悪くはない。が、ヴォルマルクが領民に対してどう動くか分からない以上、俺はここから離れられん」

フラッドは自身を慕ってくれる領民たちを、見捨てることはできなかった。

「確かに……。領民は皆フラッド様を慕っています……。フラッド様が避難された場合、領民は帝国に対して散発的なゲリラ戦を挑む可能性が高いです……。そうなるなら、ボクが残り、領民を率いて帝国軍を消耗させます」

「ダメだ。カインも領民も無駄死にはさせない。俺のために死ぬなど論外だ」

三人が頭を悩ませていると、兵が慌てた様子で入室してきた。

「フラッド様‼ ベルティエ侯爵、ガリバルディ伯爵、クニスペル伯爵、フランコ男爵が軍を率いてお見えになられました‼」

「なんだって⁉」

「軍を率いてだと？」

「確かですか？」

「はいっ‼」

驚くフラッドに警戒するゲラルトに冷静なカイン。

三人が屋敷《やしき》を出ると、ベルティエ侯爵を始めとするフォーカス領の隣接領主たちが武装し、大軍を引き連れていた。

「フォーカス卿《きょう》！　援軍に参りましたぞ‼」

先頭に立つベルティエ侯爵が声を上げた。

庶子であるカインとその母であるサラを冷遇したベルティエ侯爵であったが、フラッドの聖人的振る舞いや、そのフラッドの下で活躍するカインのことを知り、貴族としての矜持《きょうじ》を激しく刺激され、ノブレスオブリージュに目覚めていた。

「ベルティエ卿‼」

「ここにいる者は貴族から平民まで皆、飢饉時に卿から受けた恩義に報いろうとするものだ‼　総勢四万‼　今より我々は爵位関係なく、フォーカス卿の指揮下に入る‼」

「「「おおおおおお‼‼」」」

援軍の兵たちが声を上げげる。

「ありがとうございますベルティエ卿！　ガリバルディ卿！　クニスペル卿！　フランコ卿！」

「こっ、これなら勝てるかもしれません……！」

呆然《ぼうぜん》としたようにカインは援軍を見つめていた。

「しかしまだ三万の兵力差があるぞ？　それに我等《われら》は急造の軍。練度も結束力も帝国に劣ろう……」

「手はあります。ディー、アナタの配下に空を飛べる魔獣はいますか？」

ゲラルトの問いに、カインはエトナの肩に乗るディーを見た。

【魔獣鳥たちのことか？　もちろんいるぞ】

「その者たちと意思疎通できますか？　魔獣鳥の言葉を言語化できますかっ？」

【当たり前だろう】

「……なら勝てる……いや……そうだ……連携も先陣も……全部……」

カインは俯《うつむ》いてぶつぶつと独りごつ。

「士気は旺盛……兵の忠誠度も高い……空からの偵察に攻撃……俯瞰《ふかん》……神の視点……!!」

カインは顔を上げてフラッドの背中に声をかけた。

「フラッド様!!　この戦い、勝てます!!」

振り返ったフラッドは、逆光で後光がさすように金の髪や青い瞳が輝いて、神々《こうごう》しくすらあった。

「よし、なら……やるか――」

覚悟を決したフラッドの姿は、家臣にも、援軍に来た領主たちにも、兵たちにも、輝かしく映った――

「はいっ‼」

第十九話 「決戦」

チャラカ平原――
そこにはヴォルマルク率いるビザンツ帝国軍十万と、フラッド率いるドラクマ王国フォーカス連合軍七万が対峙《たいじ》していた。

帝国軍本陣――

「ほう……臆せず現れたかフォーカス……。その勇気だけは褒めてやろう――」

「殿下、こちらの布陣は整いました！」

「うむ、分かった。下知があるまで控えていろ」

「はっ‼」

「お前の化けの皮を剝がしてやるぞフォーカス。無能なお前と烏合《うごう》の衆で、俺に勝てると思ったか？」

ヴォルマルクは愛刀を握りしめ、その瞳に憎悪《ぞうお》と闘志をみなぎらせるのであった。

フォーカス連合軍本陣──

「フラッド様！　布陣を終えました！」

カインと偵察に出ていたディーが戻ってくる。

「ありがとうカイン。ディー、野暮用とやらはすんだのか？」

【ああ、バッチリな】

ディーの背後には、今回の作戦の要である大小様々な魔獣鳥が控えている。

「フラッド様、将兵たちは皆、フラッド様のお言葉を待っております」

「分かったゲラルト、すぐ行こう。だが、しばし待ってくれ。エトナ、ディー、ちょっとこっちに……」

フラッドは肩にディーを乗せ、本当は置いてきたかったのだが、無理を言ってついてきたエトナを連れて、他の者に声が聞こえない場所まで移動した。

「怖いよ……っ！　正直シャレにならないくらい怖い……っ！　殺すのも殺されるのも嫌だ……‼」

「お気持ちは察します、フラッド様はお優しいですから……」

震えるフラッドを優しく抱きしめるエトナ。

「みんなの前ではなんとか有能風に装《よそお》ってるけど……っ！　内心はガクガクのブルブルだ……っ！」

【腹をくれ主《あるじ》】

「その素直さがフラッド様の魅力ですよ」

【そうだな。戦や殺し合いは誰もが恐ろしい。たまにネジのハズれた奴《やつ》もいたりするが】

「ここだけの話、勝てるかな……？」

「まぁ、カインさんを信じるしかないですね。どのみち負けたら死ぬんですから」

【だな】

「そう……そうだなっ……！　ちなみにだが、ヴォルマルクって俺のこと好きじゃないい……？　今回の戦は奴の本意じゃないってことも……」

「ありえませんし、絶対好きじゃないです」

「マジか……これが片思いってやつか……」

「フラッド様、とにかく勝つことだけ考えてください。今回は前世と違って逃げるだけじゃない。立ち向かえるし、勝つこともできるんです。私もいます。ですから、フラッド様は、ご自身がやれることをやり切ってください。最悪の場合、また二人で逃げればいいだけですから」

「エトナ……」

【私も忘れてもらっては困るな主よ。残念だが来世からは私もついていくぞ】

「ディー……」

二人の言葉にフラッドは覚悟を決めたように頷《うなず》いた。

「ありがとう……エトナ、ディー……！　俺、やれる限りはやる……っ！」

「それでこそフラッド様です」

【流石《さすが》は我が主だ。大将は余計なことをせず堂々と構えているだけでいい。後は部下が上手《うま》くやる】

「ああ、行くぞっ‼」

そうしてフラッドはフォーカス連合軍全軍の前に姿を現した。

「兵士諸君‼　私がフラッド・ユーノ・フォーカスだ‼　諸君、よくぞ徴兵に応じてくれた‼　よくぞ参集しくれた‼　よくぞ志願してくれた‼　このフラッド心より礼を言うぞ‼」

「「「「フラッド様‼　フラッド様‼　フラッド様‼」」」」

演説台に立ったフラッドに兵たちが大歓声で応える。

フラッドは兵を動揺させぬよう、自身が脅《おび》えているとは露も思わせず、自信満々にふるまう。

「飢饉《ききん》という国難が王国を襲い、今は帝国という侵略者が王国を害そうとしている‼　これは許されざることである‼　私の愛する民、私の愛する隣人、私の愛する王国、その全てを守り抜く‼　奴らには草木の一片も渡さん‼　それこそがこの私の決意だ‼　兵士諸君‼　帝国の野蛮で卑劣な侵攻には大きな代償を支払ってもらう‼　諸君らの奮闘に期待している‼　ドラクマ王国に栄光あれ‼」

「「「おおおおおおおお‼‼　ドラクマ王国に栄光あれ‼‼　ドラクマ王国に栄光あれ‼‼」」」

地鳴りのような兵士たちの大歓声を受けつつ、フラッドは演説台を後にした。

「流石ですフラッド様‼　これで我が軍の士気は最高潮に達しました‼」

尻尾を振る犬のようにカインがフラッドへ駆け寄る。

「ありがとうカイン。俺は戦についてはからきしだ。名ばかりの大将として、置物の役割はしっかりこなす。作戦・指揮はお前に任せるぞ」

フラッドは優しくカインの頰を撫《な》でる。

「こっ……光栄です‼　この、カイン・ファーナー・ベルティエ、命に懸けてお応えします‼」

「ああ。信じている、カイン。だが、死ぬなよ。約束だ。俺は約束を破る人間は大嫌いだからな」

「はいっ‼　フラッド様‼」

そして戦端の幕が切って落とされた――


帝都コンステンティノープル――

「なるほど……やはりあの愚弟は動いたか――」

側近の報告を受けたカリギュラは、驚くこともなく、淡々とした様子で頷いていた。

「お止めになりますか？」

「今更間に合わん。ならば、ヴォルマルクの活躍を期待するだけだ」

「お怒りにはなられないのですね」

「無論だ。元より、アレが命令を従順に聞くような性格だと思っていない」

カリギュラはこの事態を想定していたかのような態度でワインを呷《あお》った。

「では、今回のヴォルマルク殿下の独断による、王国侵攻は想定の範囲内。と？」

「ああ。私としては腹違いとはいえ、実の弟がそこまで短慮ではない。と、期待していたのだがな。実に残念だ」

ため息を吐《つ》くカリギュラ。

「殿下は勝てるでしょうか？」

「どうだろうな。戦とは生き物だ。その場におらねば分からん。だが、騙《だま》し討ちの形にはなった分、ヴォルマルクが優位なことは確かだ」

「殿下はそれでよろしいのですか？　ご自身の名に懸けて、フォーカス侯爵と交わした約束を、反故《ほご》にしたこととなりますが……」

「戦も結局は政治だ。これでヴォルマルクが勝てばよし、負けてもヤツの責任にできる。勝てばフォーカス領を橋頭堡《きょうとうほ》として確保でき、本格的に王国へ侵攻できる。負けたとて、王国は帝国に攻め入るような度胸などあるまい。停戦交渉を求めてくるだろうから、受け、無理な要求を提示されても、突っぱねればいいだけだ。十分に賭ける価値はあるだろう」

「しかし、十万の将兵たちの命が……」

「見捨てるわけではないが、すべてはヴォルマルクの双肩《そうけん》にかかっている。仕方あるまい。情で軍は動かせん」

今回の帝国の王国侵攻軍は、ヴォルマルク麾下《きか》の部隊と徴兵したばかりの新兵が多く、失ったところで帝国軍においてさほど痛手ではないため、ベットよりもリターンのほうが大きい、帝国にとって有利な賭けであった。

「ヴォルマルク殿下はフォーカス殿を憎んでおります。殿下が勝てば卿《きょう》の命はないでしょう」

「それも戦場のならいだ。確かにフォーカスは魅力的な男だが、ヴォルマルク程度にやられるなら、所詮そこまでの男だったということだ」

こうして帝国はヴォルマルクの独断を黙認することとなった――

チャラカ平原――

ぶつかり合った両軍が火花を散らしあっていた――

「全軍突撃ィ――‼」

「槍兵《そうへい》、防御陣形――‼」

帝国軍の歩兵突撃をフォーカス軍が槍衾《やりぶすま》陣形で阻《はば》む。

槍で貫かれながらも帝国兵は退《ひ》くことなく前進を続けようとする。

ある者は盾で槍を防ぎつつ、ある者は体勢を低くし這《は》うように槍をかいくぐる。

「向かってくる敵は突き殺せ‼　潜《くぐ》り抜けてくる敵は叩《たた》き殺せ‼」

「ぎゃぁっ⁉」「きゃあっ‼」「ぺへっ⁈」

最前線で指揮を執るゲラルトが、接近してきた帝国兵を次々と斬り殺していく。

「間合いに入られたら槍を捨て短剣で応戦するのだ‼」

「「「はっ‼‼」」」

「弓隊構え‼　狙え‼　放てぇっ‼」

ベルティエ侯爵指揮の下、領民兵で構成されたクロスボウ隊が一斉に矢を射かけ、矢の装填中の隙を領兵であるロングボウ隊がカバーする。

ドドドドドドド――ッ！　ヒュヒュヒュヒュヒュ――ッ！

「がはっ！」「ぐふっ！」「ヴェオッ⁉」

「クロスボウ隊は焦《あせ》ることなく落ち着いて装填するのだ！　ロングボウ隊はベテランの風格を新兵に見せてやれ‼」

「「「おおおお――‼」」」

「帝国を舐《な》めるなよ弱卒共‼　勇将の下に弱卒無し‼　続けぇっ‼」

帝国軍の千人隊長が片手剣を振り上げながら、フォーカス軍へと切り込む。

「ぎゃっ！」「ゲフッ……」「こっ……！」

次々と斬殺されるフォーカス兵たち。

「むっ！　そこにいるのは名のある将かっ‼」

視線を向けられたゲラルトが応える。

「フォーカス侯爵領領兵長‼　ゲラルト・ベルハルト・ワールシュタットである‼」

「‼　貴様が噂《うわさ》に聞くフォーカスの老鬼かっ‼　相手にとって不足なし‼　我はビザンツ帝国千人隊長ポカ・ホン・タス‼　いざ参る‼」

「おうっ‼」

ドーーッ！

勝負は一瞬でついた。ポカ・ホン・タスの刺突に対するゲラルトのカウンターの刺突がその喉元に深く突き刺さったのだ。

「こっ……こっ⁈」

剣と盾を落とし、喉を押さえながら崩れ落ちるポカ・ホン・タス。

「ひっ⁉　隊長がっ‼」「ポカ・ホン・タス様っ‼」「マジか⁉」

千人隊長の討死にに帝国軍前線に動揺が走る――

帝国軍本陣――

「なに⁈　ポカ・ホン・タスがやられた⁉　敵もなかなかやるようだ……。だが、エサとしてはちょうどいい。予定どおり第一陣を撤退させろ‼」

「はっ‼」

フォーカス連合軍本陣――

「前線は拮抗《きっこう》しているようですね。うん？　敵が退いていく……？　ディー！」

【ちょっと待て。うん、分かった。引き続き頼むぞ】

【ピー！】

鳴き声を上げ魔獣鳥が偵察へ戻っていく。

【お前の予想どおり囮《おとり》のようだ。丘陵の陰に騎兵が隠れている。のこのこ追いかけていけば、両側から一網打尽にされるぞ】

「やはりですか……林を移動させている、こちらの騎兵は気付かれていますか？」

【いや、それはないようだ】

「では、敵の罠《わな》にかかったフリをしましょう。よろしいですかフラッド様？」

「カインにすべて任せる」

「ありがとうございます!!」

カインがフラッドに言った三万の兵力差を覆《くつがえ》す勝算とは、このディーと魔獣鳥の存在であった。

本来なら人が絶対に手に入れられない空からの情報。戦場の俯瞰《ふかん》図、神の視点を、フォーカス連合軍はディーたちから手に入れることができるのだ。

これは戦術どころか、戦略規模の優位性を得られるものであった。

「フォーカス中央軍は敵の誘いにかかったフリをして、退却する敵を追撃しつつ、丘陵の手前で陣を整え敵騎兵に対応！　ここで敵は全軍で中央軍を潰しにかかってくるでしょう！　なので中央軍には耐えてもらい、十分に敵を引き付けた後、林に潜ませた両翼の騎兵にて敵を殲滅《せんめつ》します‼　伝令‼」

「はっ‼」


チャラカ平原――

「なるほど……難しい注文だが、やるしかないな。皆の者行くぞ‼　逃げる敵を追いかけよ‼」

「「「おおおお――‼」」」

フォーカス軍は後退する帝国軍を追撃しつつ丘陵手前でピタリと進撃をやめ、クロスボウ・ロングボウ部隊を組み込んだテルシオ式の大方陣を組んだ。

伏兵である帝国軍騎兵隊は、フォーカス軍の急激な進軍停止に気付いていたが、命令を無視できないため、丘陵から姿を現し突撃を仕掛けた。

「突撃ぃ――‼　帝国軍重騎兵の強さを見せつけてやれ‼」

「「「おおおお――‼‼」」」

馬鎧《うまよろい》を着た軍馬に重装鎧《じゅうそうよろい》を身に着けた重騎兵がフォーカス中央軍目掛けて突撃してくる。

「隊列を乱すな‼　乱せば死ぞ‼‼」

「「「はっ‼‼」」」

「撃て‼　撃ちまくれ‼」

「「「はっ‼‼」」」

「あぁっ⁉」「無理だっ‼」「シヌッ……！」

騎兵突撃を受けた槍兵が数メートルと吹き飛ぶ。

時速数十キロの速さで突っ込んでくる、一トン近い重騎兵の突撃を槍だけで受け止めることは不可能。

方陣も先端恐怖症である馬の動きを止めるための陣形であり、突撃そのものに対処できるものではない。

「くっ……！　怯《ひる》むなっ‼　突撃しろ‼」「止まれば死ぬぞ‼」「はいや‼　はいや‼」

だが帝国騎兵も馬が方陣を嫌って動きを止め、動きが鈍った騎兵は端から槍や弓で倒さ

れる──

「「「おおおおおおおおおお‼」」」

「来たぞ‼　気張れよお前たち‼　ここが度胸の見せ所だ‼　フラッド様に栄光を‼‼」

「「「フラッド様に栄光を‼‼」」」

反転攻勢を仕掛けてきた帝国歩兵を迎え撃つフォーカス中央軍。

「あああ‼」「うらあああ‼」「ぬんっ‼‼」

瞬《また》く間《ま》に騎兵歩兵入り乱れた混戦となる。が、フォーカス中央軍はそれでも隊列と陣を乱さず規律を保っていた。

フォーカス連合軍本陣──

「今です‼　両翼騎兵突撃‼　魔獣鳥も敵軍中央に対して火炎筒の投下を願います‼」

カインの指示で、林に伏せていたフォーカス連合軍騎兵が中央軍に殺到する帝国軍の背後を突き、魔獣鳥が火炎筒を敵歩兵隊に投下する。

チャラカ平原──

「ぎゃああああああ‼」「あづいあづいっ‼」「なんで後ろから敵がっ⁉」

背後を急襲され、中央に火炎筒を投下された帝国軍は瞬く間に大混乱に陥る。

帝国軍本陣——

「どうなっているのだ我が軍は⁉」

「伏兵が読まれていたようです‼　さらには魔獣鳥による火炎筒の投下により、統制を失っております‼」

「バカ者共めが‼　俺が出る‼」

ヴォルマルクは今回の侵攻軍の最精鋭部隊であり、後詰でもある、自身の近衛《このえ》を率いて中央へ突撃を仕掛けた——

チャラカ平原——

「ぎゃっ⁈」「ぐべっ‼」「ぴょっ⁉」

「ヴォルマルク殿下だぁ‼」「皆、立て直せ‼」「この戦勝てるぞ‼」

ヴォルマルク率いる近衛隊が、帝国軍を半包囲しているフォーカス連合軍騎兵隊を食い破る。

「このヴォルマルク・シャルナゴス・ビザンツに敵《かな》う者がいるか‼」

「若造めが‼　調子に乗るでないわ‼」

ゲラルトが突出するヴォルマルクの前へと進み出る。

「老害が‼　引導を渡してくれん‼」

二人が数合と剣戟《けんげき》を重ねるが、ヴォルマルクの実力はゲラルトを遥《はる》かに上回っていた。

「お前たち如《ごと》き魔法を使うまでもないわ‼　死ねぃっ‼」

「ぐふっ⁈」

ヴォルマルクの一撃がゲラルトを捉え、胸から血を流し倒れるゲラルト。

「ゲラルト様がっ‼」「兵長⁈」「終わりだぁっ‼」

一気に動揺するフォーカス連合軍へ、勢いを取り戻した帝国軍が猛攻をかける——


フォーカス連合軍本陣——

「まずい……このままじゃ……っ‼」

「……落ち着けカイン」

動揺するカインの両肩に優しく手を乗せるフラッド。

【ふむ……整ったようだな。私は少し失礼するぞ主《あるじ》よ】

「えっ⁉　待ってください、アナタがいなければ……」

【悪いがそれは無理だ】

そう言って引き留めようとするカインを無視して、ディーが本陣を後にする。

「でぃ、ディーがいないと……！　いや、中央の混乱をどうにかしないと……‼」

フラッドは負けを覚悟して、息を大きく吸い込むと、剣を抜いた。

「ふっ、フラッド様、なにを……？」

「なに、ヴォルマルクが来て敵は勢いを盛り返した。ならば、俺が行くだけだ――」

「そんな、無茶ですっ‼」

「フラッド様……」

動揺するカインに、すべてを受け入れた表情を浮かべるエトナ。

「すまんエトナ、後は頼む。まぁ、俺は死なんがな」

「……はいフラッド様、ご武運を――」

滅多に見られないエトナの笑顔を見たフラッドは、満足そうに微笑《ほほえ》み返すと馬に乗った。

「皆俺に続けぇ‼　フラッド・ユーノ・フォーカスここにあり‼‼」

フラッドが親衛隊を引き連れて中央へと斬り込む――

チャラカ平原――

「うおおおおお‼」

フラッド率いる親衛隊が到着するとフォーカス連合軍の士気が上がり、混乱が解けていく──

「帝国軍共‼　フラッド・ユーノ・フォーカスはここだ‼　誰か俺を倒せる者はあるか⁉」

フラッドは親衛隊の後方で敵や味方の注目を集めるため声を張り上げる。

「おお‼　フラッド様だ‼」「フラッド様のために‼」「フラッド様のおかげで家族が助かったんだ‼」「一飯の恩義は命よりも重い‼」

フォーカス連合軍が盛り返すが、それでも兵力差もあって、徐々に帝国軍に押されだす。

「くっ⁉　ダメなのか‼」

「はっはっはっ‼　ここがお前の死に場所だフォーカス‼」

帝国軍に押し返されかけた刹那──

【魔獣王推参‼　今よりフォーカス領の魔獣は恩義のため、フォーカス連合軍に助太刀《すけだち》する‼】

現れたディー率いる魔獣たちが帝国軍に襲い掛かる。

魔法を解いた全力のディーが帝国軍の兵を蹴散らし、それに続く大型魔獣たちも帝国軍兵士を次々と牙や爪で狩り取り蹂躙《じゅうりん》していく――

「ばっ、化け物‼」「なんで魔獣が⁉」「うわああああ‼」

「ディーか⁈　ありがたい‼」

フラッドの声にディーが応える。

【我ら魔獣は受けた恩は忘れん‼　今こそ報恩の機会よ‼】

魔獣たちは大型魔獣に小型魔獣も連携しあって帝国軍を攻撃する。

流石《さすが》の戦慣れした帝国軍も、魔獣相手には対処が分からず動揺し、動きが鈍る。

「どっ、どうすんだよ⁈」「知らねぇよ‼」「あああああああ‼」

「落ち着けバカ者ども‼　魔獣如きがなにするものぞ‼　この帝国一の勇者‼　ポムポム・ペインの後に続けぇ‼」

【我に立ち向かう勇気、敬意を表すぞ人間‼】

ザンッ――‼

「ぎゃあああああ‼」

ポムポム・ペインはディーの爪によって斬殺された。

「なっ⁈　どっ、どうなっている‼」

「魔獣とフォーカス連合軍に包囲されています‼」

「なんだとっ?!　脱出は!?」

「難しいかと‼」

「クソがっ‼」

動揺するヴォルマルク――


「……このままでは帝国は負けますね……それではこちらの計画が狂います……」

フードの人物はそう呟《つぶや》くと転移魔法を発動させた――


フォーカス連合軍本陣――

「さて……手薄で助かりました――」

ウロボロスのペンダントを光らせたフードの人物は、音もなくフォーカス連合軍本陣へ姿を現し、背後からエトナの腕を摑《つか》んだ。

「!?　敵っ!?」

エトナは咄嗟《とっさ》に引き抜いたナイフを背後の人物へ振るうが、摑まれた腕から電撃のような魔法を流され、全身に力が入らなくなる。

「あ……っ!?」

「なっ、誰だっ‼　衛兵‼」

カインも闖入《ちんにゅう》者の存在に気付き剣を抜く。

「残念ながら、もうアナタには利用価値がないのですよ」

フードの人物は、カインに対してつまらなそうにそう発した。

「何者ですか……？　アナタは……？」

「さぁ、誰でしょうね——」

そう言い残してフードの人物は転移魔法を発動させ、エトナを連れて消え去った——

第二十話　「一騎打ち」

チャラカ平原・帝国軍──

「殿下、贈り物を持ってきました」

「こんなときになにを持ってきたというのだっ⁈」

音もなく出現したフードの男にヴォルマルクが怒りを向ける。

勝敗は既に決し、帝国軍はフォーカス連合軍と魔獣たちに包囲され、投降を呼びかけられている状態だった。

「フラッド・ユーノ・フォーカスが、自身の命よりも大事にしている侍女を連れてまいりました。ご処分は如何様《いかよう》にも」

そう言ってエトナを差し出し、フードの男は姿を消した。

「フラッドの侍女……？　そういえばお前は、奴《やつ》と共に駐屯地に来ていたな……」

「……お久しぶりですね」

突然の事態にも慌てることなく、毅然《きぜん》とした態度のエトナ。

「女一人で戦況が変わるワケがありません。どうされます殿下……？」

側近の言葉に首を横に振るヴォルマルク。

「いや……この女を利用すれば勝てぬまでも奴に一矢《いっし》報いることはできる……」

「できませんよ……っ！」

「ふんっ……！」

隠していた短剣で自決しようとしたエトナの腹に、一撃を叩《たた》き込むヴォルマルク。

「かっ……はっ……」

エトナは短剣を落とし、呻《うめ》き声と共に意識を失った。


チャラカ平原・フォーカス連合軍――

「フラッド・ユーノ・フォーカス‼　俺の声が聞こえているのなら戦闘をやめ、俺と一騎打ちをしろ‼」

「ヴォルマルクは何を考えているんだ？　応じるわけがないだろう？」

「ただフラッド様に一矢報いたいだけでしょうな。実に無様です」

フラッドの呟きに、傷は負ったものの命に別状はなく、手当てを終えて戦線復帰したゲラルトが応えた。

【……待て主《あるじ》、大変なことが起きているようだぞ】

　ディーが待ったをかける。

「どういうことだ？」

「これを見ろ‼　断ればこの者の命はない‼」

　ヴォルマルクの部下が、意識を失ったエトナを連れてくる。

「⁈　何故《なぜ》本陣にいるはずのエトナがヴォルマルクに捕らえられているんだ⁉」

「なっ、何故だ⁉」

　動揺するフラッドとゲラルト。

「とにかく軍を止めろ‼」

「しっ、しかしそれでは折角の好機が……‼」

　エトナを人質に取られたフラッドは、感情をむき出しにして怒鳴る。

「関係ないっ‼　早く全軍の動きを止めろ‼」

「はっ、はっ‼」

　遅れてカインが本陣から駆け付ける。

「もっ、申し訳ありませんフラッド様……！　謎の魔法を用いる輩《やから》がエトナさんを連れて去ってしまいました……‼」

た。

「…………」

あそこにいるエトナは偽物《にせもの》でも幻術でもない本物。それを理解したフラッドは息を吐いた。

「ふー…………。なら仕方ない。後は任せるぞ、カイン」

フラッドはすべてを覚悟した表情で馬から降り、ヴォルマルクへ向けて歩を進めた。

「おっ、お待ちください！　それではフラッド様のお命が……！」

「そうですぞフラッド様！　敵の誘いに乗る必要はありますまいっ……！」

止める二人をフラッドは歯牙《しが》にもかけない。

「あのヴォルマルクという男は、殺すと言ったら本当に殺す男だ。それに、エトナが死ねば俺も死ぬ。それだけだ。後はすべてお前たちに任す。大勢は決している。たとえ俺が死んだとしても問題ないだろう」

そう言ってフラッドは、単身でヴォルマルクの元へ向かった――

両軍の中央――

「まさか本当に来るとはなフォーカス」

ヴォルマルクの足元には、意識を失ったエトナが横たわっている。

「お前のことはいい奴だと思っていたが、酷《ひど》い勘違いだったようだ」

「ふんっ！　俺は最初からお前が救いようのないバカで、小物だと気付いていたぞ」

「その救いようのないバカで小物率いる軍に、数で優《まさ》っていながら無様に敗れたのは誰だろうな？」

「……減らず口をっ‼　抜けぃっ‼」

ヴォルマルクが剣を抜き構える。

「先に聞いておく、俺が勝っても負けても、エトナを解放してくれるんだろうな？」

「ああ。俺とて女を人質にするのは本意ではない。そもそも、お前以外にこの人質は効果がないだろう」

「それはよかった……すまん、エトナ――」

自分は絶対に助からない。だがこの命でエトナを救えるなら悪くはない。と、フラッドは剣を抜いた。

「次期皇帝の武を見せてくれる……‼　魔力よ、原初の力をもってこの渇望を叶えよ‼」

ヴォルマルクの魔法である《肉体強化》が発動し、魔力がその全身を包む。

皇子として生まれたヴォルマルクは、自らの体全て、身体髪膚《しんたいはっぷ》が、帝国の財産・宝であると自負してきた。そして、皇子として強くあること。強くありながら自らは傷つかぬこと。その想《おも》いが実を成した魔法が《肉体強化》であった。

体は剣や矢を弾《はじ》くほど硬く、膂力《りょりょく》は岩を砕くほど強く、俊敏性は猛獣を凌駕《りょうが》するほど疾《はや》い。外敵の存在しない無敵の存在。皇帝へと続く能力——

「行くぞ！　下郎‼」

瞬間、輝くオーラをまとったヴォルマルクの体が消えた。

「もらった‼」

「‼」

ヴォルマルク必殺の一撃を、フラッドは《生存本能》によって自動で避けていた。

「なにっ⁉」

「うおおおおっ‼」

フラッドが驚くヴォルマルクの首へ一撃を叩き込む。

が——

ガギィ————ッ‼

「⁉」

その一撃はヴォルマルクの強化された皮膚を裂くことなく、火花を散らせるだけであった。

「ふん、やはりその程度か。ちょこまかと避けることだけは得意なようだ。が……これはどうだっ⁉」

ヴォルマルクは左手で新しい剣を引き抜き二刀に構えると、足に力を込め、爆発的な速度で肉薄し、二刀の刃《やいば》が交差するようにフラッドへ振り下ろす――

（あっ……死んだなこれ――）

自身の死を意識した瞬間――

ドクン――ッ！

「⁈　またかっ‼」

ヴォルマルクの一撃は空を切る。

そして、必死をトリガーに、フラッドの《生存本能》が発動する――

「………」

青から赤に色が変わった瞳に意思はなく、ただ怪しく輝いている。

「ほう……それがお前の魔法か……どんなものかは分からんが、どうせ貴様の魔法だ。大したものではないのだろう‼」

ギイン――ッ！

フラッドは一歩も動かぬまま、ヴォルマルクの一撃を片手持ちした剣で受け止めていた。

「！　まさかお前も強化系なのか?!」

ギャリッ――！

無言のままフラッドがヴォルマルクへ剣を振るい、ヴォルマルクが受け止める。

「ははは‼　重いな、これはこれで楽しめそうだ‼」

ギギギィ――ン‼

二人は数合、数十合の剣戟《けんげき》を数秒にも満たない間に繰り出し続け、火花や削れた剣の鉄粉が宙を舞う――

「はっ‼」

「…………」

ヴォルマルクの斬撃を躱《かわ》し、受け流し、受け止めるフラッド。

「どうした⁉　守るだけかっ⁉」

大ぶりな一撃を見舞おうとするヴォルマルク。

「…………」

深紅の双眸《そうぼう》がその隙・慢心を捉え、ヴォルマルクの首筋に一撃が見舞われる――

ギッ――‼

「ぬっ⁉」

嫌な感覚に一旦距離を取るヴォルマルク。首筋へ手を当てると、薄くだが血が付着していた。

「なんとっ⁉　強化された殿下に傷をつけた⁈」「薄皮一枚とはいえ尋常ではないぞ……！」「どうなっている⁈」

帝国軍がざわつく。

「「「フラッド様‼　フラッド様‼　フラッド様‼」」」

フォーカス連合軍はフラッドの名を口々に叫ぶ――

「あれがフラッド様の魔法……」

【うむ。私を倒した最強クラスの魔法だ】

「そのようだな。ヴォルマルクも並ではないが、あれは尋常ではない」

驚くカインに、自慢げなディー、納得するゲラルト。

首への一撃を境にヴォルマルクは防戦に徹していた。

「なんだ……なんなのだお前はっ⁉」

最初から全力であるヴォルマルクに対し、フラッドの《生存本能》は敵が強ければ強いほど、発動する時間が長ければ長いほど、その効力が天井知らずに高まっていく。

誰よりも疾く、誰よりも正確に、誰よりも強く、誰よりも重く――

「ぐううううっ‼」

防ぎきれない斬撃の嵐に、ヴォルマルクの全身に切創が刻まれていく。

「らぁっ‼」

反撃の一撃を事も無げに躱すフラッド、その鬼神の如《ごと》き強さに両軍の将兵は言葉を失っていた。

「何故だ⁉　剣の腕なら俺は姉上をも上回っているというのに……っ‼」

「…………」

「うおおおおおおおおお‼‼　認めん‼‼　これで死ねえぇっ‼‼」

ヴォルマルク渾身《こんしん》の一撃に対し──

「…………」

ヴン──

フラッドは手に持った剣で、力まず、弛《たゆ》まず、ただ撫《な》でるように、軽く振って応じた
──

「え……?」

そのなんでもないような一撃は、ヴォルマルクの剣を両断し、肉体を切り裂いていた
──

カラン――

切断された剣の切っ先が地面へ落ちる。

「がはっ……！　斬……鉄……？　この剣は……オリハルコン製……だぞ……？　化け物……め――」

口から血を吐き、胴から血を噴き出しヴォルマルクは倒れた。

「…………」

命に対する危険が消えたことで《生存本能》が解除され、フラッドの意識が戻り瞳の色が元に戻る。

「はっ……！　……えっ?!」

足元に倒れているヴォルマルクを見てフラッドが驚愕《きょうがく》する。

(なんでこいつやられてんだ……？　いやっ、それよりもっ‼)

フラッドはすぐさまエトナの拘束を解く。エトナは意識を取り戻していた。

「すまないエトナっ……！」

エトナを抱きしめるフラッド。

「情けないですね私は……。まさか捕らわれてしまうなんて……。フラッド様の足を引っ張ってしまいました……」

「そんなことは気にするなっ……！　いつも俺がお前の足を引っ張ってるんだから、エトナは永遠に俺の足を引っ張るべきだっ‼」

「ふふっ……なに言ってんですか……？　それよりもフラッド様、勝鬨《かちどき》を上げてくださ い」

「あ、ああ。分かった！」

フラッドは剣を手に取ると空高く掲げた——

「フラッド・ユーノ・フォーカス‼　敵将ヴォルマルク、打ち倒したり‼‼」

「「「おおおおおおおおおおおお‼‼」」」

地をも揺るがす大歓声が戦場に響き渡った——

エピローグ

「我等《われら》は降伏する‼」

ヴォルマルクが倒れるとビザンツ軍副司令官が声を上げた。

「戯言《たわごと》をぬかすな‼　非戦闘員の女子を人質に取って一騎打ちを迫り、負けた挙句に降伏だと⁉　そんなムシのいい話がどこにある‼」

「抑えろゲラルト、傷に響くぞ」

激怒するゲラルトを、エトナを抱きかかえて帰還したフラッドが制する。

「しっ、しかしフラッド様っ……！」

「兵に罪はない。降伏を聞き入れる。それと……ヴォルマルクにも治療を受けさせてやれ。あれはあれで皇子、死なれては厄介だ」

「しかし……‼」

納得いかないというゲラルト、その横でカインが複雑な表情を浮かべていた。

「フラッド様……」

「カイン、これでいいだろう？　全権はお前に任せるから、後はうまくやってくれるか？　俺はエトナの側《そば》を離れたくない」

「はいっ……‼」

「それでいいか、エトナ？」

「はい。フラッド様のご随意に……」

「うん……」

フラッドはエトナを抱きかかえたまま本陣に戻り、手ずから手当てをし、その無事を喜んだ。

その後、カイン指揮の下、フォーカス軍は降伏した帝国軍を丁重に扱い、ヴォルマルクもすぐに治療されたため、一命は取り留めた。


フォーカス領・領都アイオリス――


凱旋《がいせん》するフォーカス連合軍一行を領民たちが大歓声で迎える。

「ご領主様――‼」「フラッド様ぁ‼」「キャ――‼」

フラッドが手を振ると大歓声が響き渡った。

皆口々にフラッドたちを称《たた》え、羨望《せんぼう》の眼差《まなざ》しを向けている。

「ここでこんな扱いを受ける日がくるとはな」

「処刑されたときとは正反対ですね。あの時は罪人で、今は英雄で」

「俺は英雄じゃないが……感慨深いな……」

「そうですね……」

二人はその光景に目を細めた。

「「「お帰りなさいませフラッド様――」」」

屋敷《やしき》へ戻ったフラッドたちをサラを始めとした使用人たちが迎える。

「フラッド‼」

「殿下っ……！　おっと」

駆け寄ってきたフロレンシアを抱きとめるフラッド。

「心配しましたよ。とても……」

目を潤ませるフロレンシアにフラッドは微笑で応える。

「殿下のおかげで、このとおり、無事に戻って参りました」

「私《わたくし》はなにもしておりませんよ」

「いえ、殿下が控えておられたからこそ、王国の忠臣たちは実力以上の力を発揮することができたのです。無論、私もです」

　これはフラッドの本音でもあった。

「フラッド……」

　フラッドはゆっくりフロレンシアを離すと、その耳にだけ聞こえるように顔を近づけ、囁《ささや》いた。

「ありがとう、フローラ――」

「‼」

　フロレンシアは一瞬で顔を真っ赤にし、オーバーヒートしてしまった。

　侍女に介抱されるフロレンシアを横目にサラに視線を移したフラッド。

「カイン」

「はっ！」

　カインがフラッドの横に並ぶ。

「サラの顔色が悪い。理由は分かるな？　安心させるのが子の義務で、孝行だ」

「はっ、はいっ！」

　カインはサラの元へ走り寄ると、サラは立場も状況も忘れ夢中でカインを抱きしめた。

「カインッ……‼　無事でよかった……‼」

「母さん……。はい……。ボクは無事です……っ」

自分の最愛の息子の初陣《ういじん》、しかも相手は帝国で兵力差も向こうが上、という状況で、サラはほとんど眠れておらず、手紙でフォーカス連合軍の勝利とカインの無事が伝えられていても、自身の目で見るまでは安心できなかったのだ。

カインも、自身がそれだけ案じられていると理解し、年相応に目を潤ませた。

「………良いものだな」

呟《つぶや》くフラッドに、背後に控えていたエトナが応える。

「……ですね。それにしてもフラッド様、ずいぶんマトモなことを言うようになりましたね」

「かもしれない……。感傷的になっているのかもな……」

実は初陣であるのはフラッドも同じであり、今回の戦を経験して人の生死を目《ま》の当たりにし、大きく成長していた。

「勝利に浮かれないフラッド様は素敵ですよ」

「ありがとうエトナ。素直に嬉《うれ》しいよ。さて……」

フラッドはサラと抱き合うカインを見て言葉を失うベルティエに目を向けた。

「…………」

「ベルティエ卿《きょう》。美しいとは思いませんか？」

「はい……。まこと……まことに麗《うるわ》しい……」

フラッドの言葉にベルティエは素直に頷《うなず》いた。

「私は、カインやサラを悪用するつもりはありません。カインが望むのなら、喜んでフォーカス領をベルティエ領にすることも受け入れましょう。ですので、カインとサラ、二人が親子でいられることを、認めてくださりますか？」

フラッドの言葉に、自身の罪深さを知ったベルティエは顔を両手で押さえ、俯《うつむ》いた。

「認めるなど……とんでもない……っ。わっ、私は……！」

元々負い目があったのだろう。今回援軍に来てくれたことからも、ベルティエ侯爵は根が悪というワケではない。きっと奥方等の人間関係や貴族特有の厄介なしがらみで、カインを泣く泣く冷遇していたのかもしれない。と、フラッドは思った。

（でなければ……いくら俺が伯爵家とはいえ、自身が存在をひた隠しにしていた子を譲ろうとは思わないだろう……）

そう呟き、フラッドはベルティエ侯爵の肩を優しく叩《たた》いた。

「ベルティエ卿、大丈夫、分かっております」

「あ……ああ――。フォーカス卿……！　私は、あの二人について、なにを言う権利も資格もないですが……っ、どうか、どうかっ……！　フォーカス卿の下で、お取立て下されば幸いです……っ！」

「承りました、ベルティエ卿。お約束しましょう、サラも、カインも、決して不幸な人生は送らせないと――」

「感謝します……！」

ベルティエ侯爵は深く頭を下げ、それを見ていた援軍の諸侯たちも、フラッドはこれからドラクマ王国の中で大人物になるだろう。と、確信していた。

帝国軍を打ち破り、一騎討ちでも勝利したフラッドは、ドラクマ王国の大英雄として、フラッドと共に戦ったベルティエ侯爵や領主たち、さらにはゲラルトとカインも王宮に招かれ褒章《ほうしょう》されることとなった――


王宮控室――

「また褒章だよ……」

エトナに手伝ってもらいながら礼服を着るフラッド。

「おめでとうございます？」

「めでたくない！　いや、俺以外の皆が賞されるのは嬉しいんだ。ただ俺は大丈夫的な。

そう、頑張ったのは俺以外の皆なんだから、俺は留守番でよかったんだよ」

「総大将のフラッド様を差し置いて、そんなことできるワケないでしょう……」

「俺に与えられる褒美は全て、今回の戦に参加した皆に分配していただきたい。って伝えたんだが、どうなると思う？」

「余計フラッド様の評判が上がるでしょうね」

「マジ……？」

「多分、もう一回庶民に降下させてください。って、素直に頼むほうがワンチャンありますよ」

「いや流石《さすが》にそれはな……。俺はいいんだが、折角戦勝で喜ぶ皆に水を差すような真似《まね》はしたくない」

「変なところで空気を読むんですから……」

だが、そんなフラッドらしさが嫌いじゃない。というようにエトナは微笑を浮かべた。


王宮・褒章式――

「フォーカス侯爵をフォーカス辺境伯へと陞爵《しょうしゃく》させ、領地を加増させる！」

「謹んで拝受いたします（やっぱりか……）」

貴族たちの拍手と大喝采が響き渡る。

ドラクマ王国において辺境伯とは、王族しかなることができない公爵を除けば、貴族・平民がなれる最高位である。

さらに辺境伯は独自の軍事裁量権が認められており、国王の許可がなくとも増兵や軍を動かせることができる。

そのため、いくら実績や実力があっても、国王や国家から信頼されなければ絶対に与えられない（叙爵には国王の認可と宰相、各大臣の満場一致が必要）最高栄誉の意味をも持つ爵位であった。

「一つ皆に言っておく！　今回フォーカス卿から自身に与えられる褒賞の全てを、共に戦った皆に分配してほしいという嘆願があった！　そして余はその旨《むね》をフォーカス卿と共に戦った英雄たちに知らせた！　すると、皆の答えは同じであった！　フォーカス卿が辞退されるのなら、自身への褒賞もいらぬと‼」

「なんと……！」「あの歳《とし》で信じられんな……」「顔だけではなかったのか」「聖人……」

「ドラクマ王国史に名を残すだろう」

「汝《なんじ》らに問おう、この場でフォーカス卿が辺境伯になることに異論ある者はおるか‼　おらぬのなら、もう一度喝采を‼」

貴族たちが溢《あふ》れんばかりの拍手と大歓声を上げた。

「フォーカスよ。其方《そなた》、王配の地位に興味はないか？」

フラッドだけにしか聞こえないよう国王が囁く。

「陛下、私は王国の一臣下。分不相応な望みはございません」

「ふふっ、そうであるか」

（よし……決めた。隙を見て逃げ出そう――）

満足そうに微笑《ほほえ》む国王に、フラッドは微笑で応えつつ、逃げ出す決意を固めるのであった。

帝都・コンステンティノープル――

「フラッド・ユーノ・フォーカス……か。ほう……。王国にも、気骨のある者がいたとはな――」

部下からの報告を聞き、ビザンツ帝国皇帝ドラガセスは面白そうに唇の端を吊《つ》り上げた。

フードの人物──

「ふむ……予定がずいぶんと狂ってしまった……。フラッド・ユーノ・フォーカス……。すべてはこの男が原因か──」

ウロボロスのペンダントを光らせながら、フードの人物は次なる計画のために行動を移すのだった。


王宮・停戦交渉──

「口約束とはいえ、攻めぬと言っておきながらこのような不始末、まことに恥じ入るばかりだ。本来なら殺されても文句は言えぬ愚弟も助命してもらい、感謝の言葉もない」

交渉の場に現れたカリギュラは、微塵《みじん》も悪いと思っていない、堂々たる態度で謝罪の言葉を口にする。

「助命はフォーカス辺境伯の嘆願あってのことだ。礼なら卿に言うがいい」

国王の言葉にカリギュラが頷く。

「そうですな。会えたら言っておきましょう。奴《やつ》とは話したいことも多いので」

「いいえ、その必要はございません。私《わたくし》が代わりに伝えておきますわ」

フロレンシアがカリギュラを牽制《けんせい》する。

「わざわざ聖女殿下にそのような真似はさせられんさ」

「皇女殿下にもさせられませんわ」

「どうして肝心のフォーカスがここにいないのか？　とは思っていたが、聖女、私に会わせたくないがために欠席させたか？」

「まさか、ドラクマ王女たる者が、そのような情けない振る舞いをするとでも思いまして？　会談前にもお伝えしたとおり、フォーカス辺境伯は体調不良を訴え休養中ですわ。きっと帝国の野蛮な侵攻や一騎打ちを受けたせいでございましょう。労《いたわ》しく思いますわ」

「ふん、奴がそんなタマかよ――」

二人はバチバチと火花を散らす。

「……話が逸《そ》れたな。帝国からは賠償金に食料援助、そして一年間の正式な停戦協定を持ってきた」

カリギュラから提案された賠償金の額と、食料援助の量に国王も宰相も頷く。

「それにしても居丈高ですわね」

「愚弟は完膚なきまでに敗れたが、帝国が敗れたワケではないからな。とはいえ、戦に負けただけでなく、非戦闘員の女を人質にとって一騎打ちを迫るとは、腹違いとはいえ、我が弟ながら性根が腐ってると言わざるをえん。最悪廃嫡されるかもしれんが、それとは別に、私は私で最低でも鞭打《むちう》ち五十回は与え、愚弟の性根を鍛え直そうと思う」

「それはとてもよろしいかと思いますわ」

フロレンシアが同意する。

「ところで聖女よ、この王国ではフォーカスを持て余すのではないか？　帝国にこそ相応《ふさわ》しいと思うが？」

「いえ、王国にこそ必要な御仁ですわ」

「フォーカスを帝国に寄越《よこ》してくれるのなら、こちらも皇子を送ろう。帝国と姻戚関係を結べるぞ？」

「間に合っておりますわ。それに、帝国は必要とあれば、子を捨てることも、喰《く》らうことも躊躇《ためら》わぬ獅子《しし》。姻戚関係を結んだところで、なんの抑止力にもなりませんわ」

「ふふっ、よく分かっているじゃないか」

「カリギュラ殿、実らぬ思いは早々にお捨てになられたほうがよろしいですわ。なにがあろうと、王国はフォーカス卿を手放しません」

「ふっ……ははは！　これは面白い。どうやらフォーカスは聖女殿の心を摑《つか》んでいるらしい」

カリギュラの挑発とも取れる言葉にフロレンシアは微笑で応える。

「フォーカス卿《きょう》ほどのお方に惹《ひ》かれないほど、王国の目も私の目も曇っておりませんので。それに、フォーカス卿の魅力は国を超え、カリギュラ皇女殿下のお心も摑まれているようですね」

対するカリギュラもフロレンシアの言葉に微笑で応える。

「ああ。帝国は実力主義だ。フォーカスほどの男が私の婿になるのなら悪くはない。陛下も快諾してくださるだろう」

「叶《かな》わぬ想《おも》い、ご心痛お察しいたしますわ」

「お前もだろう？　これほどの大功あっても、聖女殿の婚約者は決まらぬままだ。おかしいな？　私はあの褒章式でお前とフォーカスの婚約発表がされるかと思っていたが？」

「つまり、カリギュラ殿の読みが甘かった……と、いうことですわね？　『業火《ごうか》の魔女』も、戦場外ではまだまだとお見受けします」

カリギュラが愉快気に笑う。

「はっはっはっ！　面白いな。ドラクマにはフォーカス以外みるべきものはないと思っていたが、お前は別だ。聖女。強《したた》かな女だな、気に入ったよ」

「それはありがとうございます。私もカリギュラ皇女殿下を、ビザンツ一危険な存在と認識いたしましたわ」

「ふっ、それは光栄だが……陛下は言うに及ばず、我が兄弟は聖女殿が想像もつかないだろう曲者揃《くせものぞろ》いだぞ？」

「いえ、女としては、カリギュラ殿が一番曲者でしょう」

二人は顔を見合わせて微笑み合った。

二人のフラッドを巡る鞘当《さやあ》てに、国王も宰相たちも口が出せなかった。


王都・郊外――

そこには馬に乗ったフラッドとエトナとディーの姿があった。

「よろしいんですか、フラッド様？」

「当たり前だ！　辺境伯なんてやってられるか‼　誰が聖人で誰が大英雄だ‼　重すぎるんだよそんな称号‼　俺は逃げるぞ‼」

【私も供するぞ！】

ディーが声を上げる。

「ああ！　三人ならどこにでも行けるぞ！　いいか、俺はやり直さない！　やり直さないんだぁ――――‼」

叫びつつ、フラッドは馬を駆けさせるのであった。

あとがき

夜空の星々のように、さまざまなライトノベル作品が煌《きら》めく時世でございます。

その中で本書を手に取ってくださった貴方様《あなたさま》に、この桜生《さくらい》、心より感謝申し上げます。

またカクヨム版でも、ありがたいご評価に温かなレビューやご感想をいただけましたこと、本当にありがとうございます。

こうして書籍化できましたことも、貴方様、そして皆様のおかげでございます。

本書は爽快感・軽快感を意識し、お読みくださった貴方様の一服の清涼剤となれるように書き上げさせていただきました。

執筆の際に注意した点は、主人公であるフラッドが行った善行や悪行に対しての報いが、軽すぎたり重すぎたりしないようにすることです（フラッドが意図していない勘違いで結果的に善行になった事柄も、フラッドが存在しなければ成し得なかったことなので善行としてカウントさせていただいております）。

本書のイラストを担当してくださったのはへりがる先生でございます。先生の芯がある美麗な素晴らしいイラストは、お読みくださった貴方様が一番ご理解されていることと存じます。が、あえて申し上げさせていただくのなら、エトナのラフを見たときは「天才だ……」と唸《うな》ったほどです。へりがる先生、素晴らしいイラストをありがとうございます。

本書を書籍化させてくださいましたファンタジア文庫様、本当にありがとうございます。

私の担当をしてくださった林《はやし》様、私が魚なら貴方は水です。


そして、私のあとがきを読むのが初めてではない。という貴方様。


またお会いすることができましたね。この日をずっと心待ちにしておりました。

また貴方様とお会いするために、あらゆるものを乗り越えてまいりました。


最後に、本書が貴方様の日々の生活の中での、笑顔や楽しみの一助になることができましたら、この桜生、本望でございます。

私に機会を与えてくださった貴方様に、ご健康とご多幸がありますように。

そしてまた貴方様とお会いできる日を、心より願っております。

恐恐謹言

お便りはこちらまで

〒一〇二－八一七七
ファンタジア文庫編集部気付
桜生懐（様）宛
へりがる（様）宛

富士見ファンタジア文庫

やり直《なお》し悪徳領主《あくとくりょうしゅ》は反省《はんせい》しない！

令和５年12月20日　初版発行

著者――桜生《さくらい》懐《かい》

発行者――山下直久

発　行――株式会社KADOKAWA
〒102-8177
東京都千代田区富士見2-13-3
0570-002-301（ナビダイヤル）

印刷所――株式会社暁印刷

製本所――本間製本株式会社

※定価はカバーに表示してあります。
●お問い合わせ
https://www.kadokawa.co.jp/（「お問い合わせ」へお進みください）
※内容によっては、お答えできない場合があります。
※サポートは日本国内のみとさせていただきます。
※Japanese text only

ISBN978-4-04-075269-3 C0193　◇◇◇

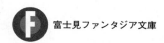

切り拓け！キミだけの王道
ファンタジア大賞
原稿募集中！
賞金
《大賞》300万円
《金賞》50万円
《銀賞》30万円
選考委員
細音啓 「キミと僕の最後の戦場、あるいは世界が始まる聖戦」
橘公司 「デート・ア・ライブ」
羊太郎 「ロクでなし魔術講師と禁忌教典《アカシックレコード》」
ファンタジア文庫編集長
前期締切 8月末日
後期締切 2月末日
公式サイトはこちら! https://www.fantasiataisho.com/